내 인생을
물고 기다렸던
시간들

내 인생을
묻고 기다렸던
시간들

펴 낸 날   2016년 7월 29일

지 은 이   김로미
펴 낸 이   최지숙
편집주간   이기성
편집팀장   이윤숙
기획편집   허나리, 윤일란
표지디자인   허나리
책임마케팅   하철민, 장일규
펴 낸 곳   도서출판 생각나눔
출판등록   제 2008- 000008호
주   소   서울 마포구 동교로 18길 41, 한경빌딩 2층
전   화   02- 325- 5100
팩   스   02- 325- 5101
홈페이지   www.생각나눔.kr
이 메 일   bookmain@think- book.com

• 책값은 표지 뒷면에 표기되어 있습니다.
   ISBN   978-89-6489-616-7   03810
• 이 도서의 국립중앙도서관 출판 시 도서목록(CIP)은 서지정보유통지원시스템 홈페이지
   (http://seoji.nl.go.kr)와 국가자료공동목록시스템(http://www.nl.go.kr/kolisnet)에서
   이용하실 수 있습니다(CIP제어번호: CIP2016017545).

오직 한길 인생 간호사 이야기   김로미 지음

내 인생을 물고 기다렸던 시간들

"아쉬울 것도 없고 그저 평안히 기다림이 설렘이 되길 원한다."

생각나눔

차례

내 삶을
여기에 내려놓고자 한다

2016년 1월 3일.

비로소 쓴다.
내 기억 속에 담긴 것들을 여기에 내려놓으려 한다.

이제 앞으로 6개월…. 그 후엔 난 어떤 길을 가고 있을까?
이미 퇴직 후에 받을 연금에 미리 맞춰 생활한 지도
24개월이 지났다.

나만을 위해 연금을 쓰게 된 지금도
난 여전히 공무원으로 살아갈 것이다.
5년짜리 연금저축과 10년짜리 저축 보험 등으로 65세까지 가니,
못해도 5년은 사업현장에 있을 터이다.
이는 내 즐거움과 기쁨이 되어준 외손주들 셋에게
외할머니로서 할 수 있는 건 해주고 싶어서,
그리고 여행하는 삶의 설레는 행복이나 낯선 곳의 떨림과
두려움을 포기하고 싶지 않아서다.

오직
한길 시작이 되다

❀ ❀ ❀

1977년 1월 4일, 영덕군보건소에 시작한 것이 벌써 39년 전이다.

10년이면 강산이 변하고 30년이면 습관도, 한 세대도 바뀐다는데, 지금껏 일해온 나는 참으로 복이 많은 사람이다.

이제껏 이렇게 일할 수 있는 시간을 주신 하나님께 감사드리면서 내일을 기대해본다. 나를 쓰시고자 하는 곳이 어디이며, 또 나를 어떤 모습으로 만들어 가실지…? 새로운 도전인 것마냥 나는 15년 말에 터키어를 배우기 시작했다.

모든 게 내 삶의 연속이지만 아직도 난 하나님께서 내 갈 길을 인도해주시리라 믿는다. 그분은 나의 산성이요, 요새이시며, 내가 피할 바위 되시며, 주의 말씀은 내 발의 등이고, 내 길을 밝히는 빛이시니, 어딜 가든 환하게 인도해주시리라.

이렇게 믿으며 나를 기억하시는 모든 분께 함께해주셔서 감사함을 전한다.

영덕의 모습(새 천년 기념탑에 오르며)

한해가 저물어 가는 날
 새 천년의 상징물에 오르며

우리가 남길 수 있는 흔적은 무엇이며
 영덕이 갖는 결실은 어떤 것들일까?

나는 무엇을 보고 담아
 한 점 흔적으로 한 살을 더 할까?

영덕인의 지혜의 상징으로 의지로
 산과 강, 바다를 다 담아
  영덕의 지형을 아담한 비둘기 날개 깃에 품고

올망졸망 아름진 산들
 그 중심을 흐르는 덕곡 천
  사연 많은 한 해를 끼고 유유히 흐르는 오십 천을 본다.

차가움 속에 더 우뚝한 소나무의 절개도
 부드러움으로 표현되는 군목 곰솔

평생을 살아왔던 곳

 선대들이 한줌의 흙으로 몸을 뉘인 산천

 높았고 웅장했던 무릉산

 호랑이 밤에 고기 잡던 대밭소

 누구나 바라보던 고불봉

이곳에 서면

남산 뻗은 산자락과 고불봉 양팔 내밀어

 들어온 산이 해풍을 막아 터전을 일구어 온 땅

 강구와 영덕이 하나로 연결되고

 아기를 감싸안은 엄마의 모습을 보게 된다.

대나무 스치는 바람소리

 재잘 되는 산 새소리

 태백의 지맥인 화림 산자락에

 영덕의 꿈을 담고 기원을 담아 솟은 탑!

누가 이 아담한 분지에

 무엇으로 가득 채워 넘치게 하랴

새 천년이 네 해 감돌아

고이 저무는 황혼 빛으로 피어오르고 있다.

2004. 12. 31. 고향신문 나옴

영덕군 보건소 예방의약담당 김노미

상용 잡급
공무원이 되다

✲ ✲ ✲

1977년 1월 4일, 군청에서 발령이 났다고 하여 나는 대구 엄정형 외과 생활을 접고 영덕 집으로 들어와서 출근을 학수고대하였다. 그런데 아무런 연락이 없는 것이었다.

19일, 중학교 동창이던 친구 경숙이가 날 데리러 왔다. 넌 발령이 난 지가 언제인데 아직도 출근을 안 하느냐고 묻는 것이었다. 그렇게 나는 상용 잡급으로 군청 보건소에서 프라이드 센 간호사로 취업했다. 그러면서 군청 직원 중 박경희, 이제 고인이 된 박옥분과 자연스레 친구가 되었다.

보건소 일을 마치고 오십천 다리를 건너 돌아오는 퇴근길은 항상 석양이 곱게 물들어 있었다. 그걸 보노라면 왠지 모르게 눈물이 흐르곤 했다. 그땐 그 눈물을 사랑했다. 석양이 너무나도 좋아서 어두워질 때까지 기다렸다가 다시 걷는 그 걸음이 정말 좋았다.

결핵(폐병) 관리
사업을 하다

❧ ❧ ❧

결핵 관리실에서는 박심택 주사님과 근무를 했었다. 결핵 환자 카드를 꺼내놓고 종일 전화를 했다.

"낼 영덕 장날에 약 타러 오세요."/ "엑스레이 추구검진 날이니 잊지 마시고 오셔서 찍어야 해요."/ "올 때 꼭 일어나자마자 물 한 컵 드시고 깊이 저 안에서 나오는 객담 받아 오셔야 해요."/ "안 오시면 저희가 방문해야 하는데 마을에서 알면 곤란하잖아요?"/ "그러니 달력에 표시해 놓으시고 4일 낼 장날 꼭 오셔야 해요."

다음날 환자들에게 투약을 했고, 그래도 안 오시는 분들은 직접 마을로 찾아 나섰다. 그 당시, 마을에서 결핵 걸린 사람은 그 마을을 떠나야 할 정도로 따돌림당했다. 그래서 웬만하면 다 와서 약을 받아 가시곤 했다.

그 당시엔 먹을 것이 없어 다들 몸이 허약했는데, 양성 환자들은 약을 먹기가 너무 힘들어서 먹다 말다 반복했다. 그런 사람들은 국립 마산 병원에 입원해서 가나마이신 주사약을 맞혀 치료했다. 오직 그 방법만이 살길이라 그렇게 해도 안 되는 사람은 결국 사망에 이르는 경우가 많았다.

그렇게 일을 하다 보니, 1978년 무렵에 미 평화봉사단이 보건소를 방문했다. 그 당시에 WHO는 우리나라를 결핵이 만연하는 국가로 지정했고 미 평화 봉사단이 파견됐다. 그들의 주목적은 미개발 국가를 지원하여 도와주는 것이었다.

우린 말이 안 통해도 영어사전을 들고 다니며 보디랭귀지로 충분히 소통했고 그 사람들을 출장 때 데리고 다녔다. 그게 주 임무였던 것 같다. 원래 보건소에는 여자 간호사 두 사람과 타자수 임상병리사가 전부였다.

보건소 여직원들

임상병리사 종만 씨는 평화봉사단에게 화장실을 통쉬, 화이트 하우스로 가르쳐 주었다. 이 사람은 근무하다가도 화장실이 필요하며 "통쉬!"라고 했다. 뭔 말이냐고 물었더니 "화이트 하우스! 급해, 급해!"라고 연발하면서 뛰어가곤 했다.

우린 눈만 뜨면 출장을 갔었는데 가끔씩 내근을 할 때는 엉터리 영어를 고쳐가면서 어울려 다녔다.

한번은 그 당시 결핵 환자가 많았던 삼사 결핵 환자 가정방문을 위해서 강구 버스정류장에서 내려 걸어갔던 적이 있다.

7월 땡볕에 이내 땀이 흘러내렸다. 평화봉사단은 비지땀을 주룩주룩 흘리며 따라왔는데 그게 너무 안쓰러웠다. 왠지 걸음이 자꾸 뒤처진다 싶어서 돌아보니, 그가 손을 앞으로 내지르면서 먼저 가란 표시를 했다. 쉬가 급한가 하며 앞만 보고 가다가 궁금해서 뒤를 돌아봤다. 그 순간, 길바닥에 다리를 뻗은 큰 덩치가 바지 속에 손을 넣어서 뭔가를 끄집어내고 있었다. 그는 계속해서 안간힘을 쓰더니 결국 바지에서 나온 것은 두꺼운 겨울용 팬티였다. 요즘 아기들 기저귀처럼 양옆이 붙은 팬티를 홀랑 벗고 있던 것이었다. 그러더니 아예 보고 있는 나를 향해 환히 웃으면서 한 손에 팬티를 들고 왔다. 그걸 받아서 포개어 가방에 넣었다. 이국땅에 와서 우리 낯선 문화를 지키느라 애쓰는 모습이 귀엽기도 했었다.

조산사가
되 다

❀ ❀ ❀

77년부터 78년까지 국립보건원에서 교육공문이 오면 둘뿐인 간호사 중 무조건 나를 보냈다. 나머지 한 명은 내 중학교 동창생인 경숙이었는데, 가족계획 선임이다 보니 갈 수가 없었던 것이다.

어느 월요일, 내가 출근하니 경숙이가 새파랗게 질려서는 "너, 오늘부터 교육인데 왜 안 갔어?"라고 물었다.

"무슨 교육? 어디서 있는데?"

경숙이는 다짜고짜 나보고 집에 가서 일주일간 국립보건원에 갈 준비를 해서 다시 오라는 것이다.

그렇게 해서 교육에 갔더니 첫날 수업이 끝났고 다음날부터 수업에 들어갔던 에피소드도 있었다.

1978년에 도에서 조산사 양성 과정이 있었는데, 교육 기간이 일 년이었음에도 또 가게 되었다. 도에서는 박혜자 선생이 오고 군부에 한사람씩 왔는데, 그 당시 합숙이란 게 남의 집 문간방에서 연탄구멍 밥을 해먹어가면서 교육을 받는 게 전부였다. 경대 간호학과 출신 박 선생님과 나는 한 조로 하루건너 밥을 지어 먹으면서 책을 손에서 놓지 않았다.

그렇게 1~4개월의 이론수업이 끝나고 대구 남구 모자 보건센터에 실습을 갔다. 그곳이 분만 건수가 가장 많았는데, 처음에 내진을 배우고 나니 자연스럽게 자연 분만이 가능한 산모를 간호하면서 회음부 절개(Incision)와 꿰매기(Suture)를 하게 되었다. 정말 잘한다는 소리를 들어가면서 열심히 배우고 체험했다.

그 건으로 읍사무소에서 파견 근무하면서 영덕초등학교 교사의 집에 분만을 하러 간 적이 있었다. 여중 올라가는 왼편에 담장이 높은 기와집이었는데, 그곳 산모와 밤새 첫아이 분만에 시달려서 산모도, 나도 지쳐갔다. 그래도 정상 분만이 확실해서 걱정은 되지 않았다. 출근 시간이 훨씬 지나서야 분만을 하고 집에 가서 씻고는 출근을 했다. 그 이후에도 여러 건의 가정 분만이 있었다. 얼마 전까지 천전리 동장으로 계셨던 집에서 분만을 간호하게 되었는데, 쌍둥이를 낳았고, 오빠의 첫딸도 내가 받게 되었다. 그 외에도 수없이 많은 밤을 새워가면서 분만을 도왔었다. 화개리에도 공무원 아들을 둔 산파가 있었고 노물리 가겟집에도 친구 모친이 산파 역할을 하기도 했다.

1990.7.27
〈제6호〉
매주 금요일발행

嶺南日報

주말부록

군내 모자보건 도맡아 '억순이 산파' 별명까지

영덕모자보건센터 김노미씨

응급 분만환자를 비롯한 임산부의 분만을 성심껏 도와온 모범공무원이 지역 주민의 칭송을 한몸에 받고있다.

지난 86년 세워진 영덕군 모자보건센터에 부임한 김노미계장(33·영덕읍 남석리)은 농어촌지역 임산부 및 영유아건강관리 각종 질병검사 예방 접종등을 간호원 4명과 함께 도맡아 처리, 「억순이 산파」라는

지난해 5백21명 한건실수없이 분만케

느낀다는 김씨는 평소 가난한 사람을 위해 봉사하겠다는 자신의 신념이 이루어져 더욱 기쁘다고 말한다.

김계장이 근무하는 영덕군 모자보건센터는 지난 한햇동안 임산부관리 5백43명 영아 관리 9백60명 소아관리 8백1명 분만개조 5백21명을 단 1건의 실수도없이 처리, 연 3년째 도내 우수센터로 뽑혔다. 지난 70년 포항간호보조교육원을 나와 77년 보건공무원으로 출발한 김씨는 그러나 '의료시설의 부족과 의료보험제의 때문에 타시·군 산모가 찾아왔을때 입원조차 해주지 못하고 돌려보내야 할때 가장 마음

신문스크랩

영덕읍사무소
파견 근무를 하다

❀ ❀ ❀

1979년도 인구 10만 명이 넘어서 영덕면이 영덕읍으로 승격되고 문덕체 면장이 읍장으로 발령을 받았다. 모자 보건사업을 하라는 보건복지부의 공문이 날아와 나는 읍사무소로 파견근무를 하게 되었다.

2년간의 읍사무소 생활 동안 내 공무원의 시작을 알리는, 참으로 소중한 사람을 많이 만났다. 24개 동장님과 부녀회장님이 내 친구, 동료가 되어주었다.

우린 월 15일 이상 출장 근무가 원칙인 가족보건 요원으로 자주 출장을 나갔다. 기저귀가 걸린 집이라면 무조건 노크를 하고 방문하여 상담가로, 때론 선생님이 되어 모든 걸 동원해서 가르치고 도와주는 게 일과였다.

그런 동장님과 부녀회장님의 안부가 궁금해하던 올해 영덕 장날, 치매 홍보로 장터가 떠들썩하던 때에 우연히 그분들을 만났다.

삼계리 부녀회장님도 날 보더니 하시던 말씀이, 우리가 1975년부터 만났으니 언제 또 만나도 아주 반갑고 항상 마음속에 거기 있겠거늘 하며 살았다 하셨다. 그 말씀을 듣고 나니 나도 모르게 눈물이 두 눈에 어른거렸다. 6월 말 퇴직이란 말을 차마 할 수 없어 폰으로 셀카를 찍었다. 그리고 차를 나르다 보니 또 한 분 살갑게 대해 주시던 부녀회장님이 멀리서 손짓을 하셨다. 그래서 또 가서 사진을 찍었다.

이제 그분들의 이름은 다 잊었지만, 그분들은 삶을 내게 맡기고 한때는 한가족처럼 밤이며 같이 자고 밥도 지어 주셨던 분들이다.

9개 읍면에는 가족계획 요원이 한 명씩 근무하고 있었는데, 제일병원 근처에 있던 포도밭 집 보건 요원이신 방 선배님이 읍에 근무하고 있었다.

아침부터 콘돔과 먹는 피임약을 든 가방을 메고 예방접종 키트를 들고 버스를 타고 가려니 아침저녁으로만 움직이는 차 일정에 맞추지 못해서 늘 걸어서 다니곤 했다. 읍사무소에 근무하던 때의 일은 지금 생각해도 최선의 선택을 할 줄 아는 간호사 공무원으로 손색없이 잘해나갔다. 모자 보건사업을 정말로 제대로 했다. 그러나 좀 더 자세한 업무를 가르쳐 줄 사람이 없었다.

어느 날, 총무계장이셨던 이병화 계장님한테 말씀을 드렸다. 영덕읍에서 가장 큰 동리가 노물은 200세대, 창포리는 150세대가 살아가고 있는데 아기들이 많으니 예방접종을 한 달에 한 번씩 출장을 가서 해주는 게 효율적이라고 말씀을 드렸다. 그랬더니 "나야 모르지만 무슨 문제라도 생기면 어쩌려고…"라는 답변을 들었다.

그 당시에 난 어디서 그런 용기가 나왔는지 모르지만, 접종하는 데 대한 두려움이 없었다. 엄마들이 무슨 접종을 해야 하는지도 모르는 시대였기에 간곡히 말씀을 드렸다.

오직 읍면 보건 요원들만이 가족계획 사업과 결핵 사업을 위해 투입된 요원이었다.

출장 갈 때면 창포나 매정리 고개를 넘어 노물로 갔다. 한날은 방 선배와 매정초등학교 앞을 지나서 노물로 가는 산길을 막 오르는데, 금성사 포니 차가 올라왔다.

혹시나 세워주려나 싶어서 그 먼지를 다 덮어쓰고도 길 한쪽으로 비켜서서 웃으면서 손을 흔들었는데, 그 고물차는 그냥 지나가 버렸다.

방 선배가 "저 차, 저쯤 올라가다가 빵구 날 거다!"

"그래요? 아마 그럴 거예요."

맞장구를 치면서 까르르 웃고 또 걸어갔다. 그런데 언덕 꼭대기

정상에 그 차가 서 있었다.

"우리가 한 말을 들었나 봐요?" 그래서 미안해서 얌전한 표정으로 다가갔다.

그런데 그분도 민망히 서서 "차가 빵구 났어."라는 것이었다. 그 순간, 우리는 체면이고 자시고 할 것도 없이 웃음이 빵 터져서 급히 그 자리를 도망치듯이 달려 내려왔다. 지금도 그때만 생각하면 통쾌한 웃음이 절로 나온다.

방 선배님이 어느 날은 나를 어떤 집에 데려갔다. 건축가 집이어서인지 마당에 집이 또 있었는데, 작년에 나간 공직자가 세 들어 살았었다. 선배는 그곳에서 점심을 먹더니 블루스를 배웠다. 그 시절에는 생각지도 못했던 풍경이었다.

또 하루는 부군수 사택에 세 들어 사는 군청 계장님 집에서 점심 초대를 받았으니 같이 가자고 하였다. 그곳에서 참 신기한 장면을 보았다. 방 선배님이 전에 선을 보았던 사람이 별로였는데, 지금 생각해보니 괜찮은 것 같아 나보고 말을 넣어 달라는 것이었다.

그리고 얼마 후에 그 노처녀 선배님은 결혼을 했다. 정말 잘 된 일이긴 했었다. 그 선배님은 한껏 멋을 부려서 출근하기 시작했다. 어느 날, 방 선배가 2층 읍장실로 결재를 올라가는데 치마에 스타킹을 신었었다. 그런데 바로 계단 밑에 서 있던 나이 드신 민원계장님이 다리를 두 손가락으로 내리긋는 것이다.

"뭘 신었기에 이래 보이노?" 그 당시에 아주 신기해 보였던 모양이다. 그 선배님은 웃으면서 만졌으니 돈 천 원을 달라고 했다. 요즘 돈으로는 만원보다 가치가 있는 돈이었다. 할아버지 계장은 부끄럽다기보다 그 좀 이상해서 손가락만 대었는데 돈 달라 한다고 화를 내었다. 결국은 선배 승으로 돈 천 원을 받아서 내 손을 잡고 쪼르르 가게로 달려가던 기억도 난다.

그땐 2층의 문 읍장님이 참 목소리가 컸는데 쩌렁쩌렁하게 울리면 아무도 결재를 못 갔었다.

우리는 매일 출장이 일이라서 그 선배를 앞세워서 문 뒤에 섰다가 웃음이 들리면 쭉 함께 들어갔었다.

지금은 퇴직하셨는데 권00 토목직이 얼굴이 부은 상태로 말없이 올라갔었다. 한참 후에 뭔가 문이 쾅하는 순간 직원들이 뛰어 올라갔다. 문에 귀를 기울였다. 그런데 권00의 얼굴이 붉어져서 는 문을 닫고 말없이 나왔다. 그리고 며칠째 결재를 안 들어가는 것이었다.

며칠 후, 결재를 하러 가니 읍장님이 권 주사 나왔느냐 물으셨 다. 그렇다고 하니 "가서 결재 서류 갖고 올라오라고 해!"라고 하 셨다. 뉴스가 터진 것이었다. 그런데 결재 서류도 없이 그냥 들어 가는 권 주사는 여전히 말없이 부은 얼굴이었다. 그래서 다들 쭉 따라 올라가서 문 뒤에서 엿듣고 있었는데….

"너, 사내새끼 맞어? 마빡에 못 쳐버리기 전에 나가서 결재서 류 갖고 와!"

그렇게 화끈하게 풀어주셨다. 지금 생각해보면 교회에서 열심히 온 힘을 다해 섬기시는 모습 이 아이러니하게도 겹쳐진다.

한해 한 번씩은 여직원들이 추렴(돈을 거둠)해서 포도 서 리를 갔었다. 읍사무소에 유 명인으로 인기가 높은 최 여 사님이 계셨다. 그분은 언제 나 우리의 우두머리 역할을 해 주셨다. 그분의 자평을 우리는 자뻑을 한다고 했다. 뒷모습이 너무나 꼿꼿하시고 날씬해서 따라오던 남자 분들이 많았단다.

하지만 뒤에서 무슨 소리가 들려서 "뭐라고 그러셨죠?"라고 뒤돌아서면 말이 끝나기도 전에 그 남자 분들이 다 줄행랑을 쳤단다. 키가 180이 넘는 그야말로 잘생긴 남편도 그 뒷모습으로 낚은 거라고 아예 자랑을 하셨다.

읍사무소 생활은 내 공직근무 기간 내내 밑거름되는 사람을 만나는 데 꼭 필요한 과정이기도 했다. 전 읍장이셨던 문덕체 읍장님, 이병화 읍장님(당시 총무계장), 난 그걸 인복이라 믿었다. 그 인연들은 오늘도 계속되고 있어 참으로 소중하고 고맙다.

신성화 전 산림조합장은 그 당시 읍사무소에 마주 앉아 근무를 했다. 그런데 예방접종 등 업무 문제로 자주 만나게 되었는데, 그분의 두 아들을 보면서 개천에 용 났다는 말이 실감 난다고 여담을 해도 보기 좋게 웃기만 하셨다.

총무계장님은 오늘도 나의 오라버니로, 인연이 이어질 수 있었던 때는 외동아들 성국이 태어나면서였다.

문 읍장 사모님은 후일 내 첫 딸의 교사로 인연도 있어 후덕과 겸손을 배울 수 있었던 소중한 인연이었는데, 너무나도 빨리 가셨다.

후일 그 당시에 재무계에서 아침이면 대장을 끼고 돈을 받으러 나가던 이상운 실장의 인연은 총무과장이 되고 난 후부터 끊어졌다.

읍 승격 당시에 난 처음으로 한 달에 한 번씩 두 마을 다니면서 예방 접종을 실시했다.

보름에 한 번, 예방접종 키트를 들고 얼음을 채워서 나가면 늘 걱정해주시던 류시각 부읍장님과 이병화 총무계장님, 하지만 난 겁이 없었다. 이때의 경험이 후일 독감 예방접종으로 이어져서 읍 면별 접종을 실시하게 되었다.

류시각 부읍장님은 겨울이 되면 퇴근을 오토바이로 시켜 주셨다. 읍면별 차량 한 대와 오토바이 1대 배정이 전부였던 시절인데, 나는 특별대우였던 거다.

나에게 좋은 인연의 끈은 끝이 없었다.

영덕읍에는 장로였던 집안에 랑규라는 친구가 있었는데, 그 친구한테 가서 피아노를 배웠다. '소녀의 기도'까지 칠 수 있었는데, 그다음은 안 되겠다 싶었다.

오른손과 왼손의 속도가 맞질 않아서 그만두기로 했는데, 어느 날 읍장님께서 악보를 주면서 공화당 문태준 국회의원이 영덕을 방문하니 당가와 선구자 노래를 부를 사람을 모아서 오라는 것이었다.

내 친구들을 모았다 랑규, 달산 한복 집 두리, 유자와 모여서
랑규네 집에서 익힌 후에 읍장님 앞에서 예행연습을 했더니 다
음날 한복을 맞추어 입으라고 연락이 왔다.

우린 파란색 한복을 입고 군 농협 2층 공화당 사무실에 가서
노래를 부르는데, 우레같은 함성의 박수를 받고 국회의원이 등단
했었다. 그것을 지금도 큰 보람으로 간직하고 있다.

이쁜 우리들

가족계획
선임지도원 되었다

❈ ❈ ❈

그렇게 2년을 보내고 나서 보건소로 오게 되고 난 가족계획 선임지도원으로 근무하게 되었다. 그야말로 어린 나이에 나이 드신 읍면 보건 요원들 등쌀 속에서 월례회는 월급을 받는 날 하게 되었다. 보건행정계 차석이 월급을 줄 때마다 줄을 서는 보건 요원들에게 한마디씩 하는 말이 무슨 일 했다고 월급 받으러 왔느냐였다.

그리곤 나는 회의 때마다 가족계획 사업 정관/난관/콘돔/피임약 목표 대 실적으로 1등~9등을 뽑아놓고 잔소리를 했다. 미혼인 나는 어느새 호랑이가 되어 이렇게 접근하라, 저렇게 접근하라고 닦달했다. 그 당시에도 잘 사는 집에서는 둘 이상은 낳지 않았는데 겨우 먹고사는 집에서는 애들이 제 먹을 것 타고난다면서 너무 많이 낳았다.

내 눈엔 너무나 안타까웠다. 공부도 바로 시키지 못하면서 아기만 낳아서…. 우리 대한민국이 바로 가려면 교육이 중요한데 하는 생각을 떨쳐 버릴 수 없었다.

내 인생을 이끌어 주신
부모님과 스승님이 있었다

꽃꽃꽃

난 내가 선택해서 간호사가 된 게 아니었다.

영덕여중학교 이발령 교장께서는 이 지역을 위해 여성들이 할 수 있는 역할이 간호사라고 여기셨다. 그래서 간호학교에 학생들을 보내야만 지역을 살릴 것이라는 생각으로 교장선생님께서는 '굳세고 아름다운 여성이 되자'라는 교훈을 세우고 열정을 불태우고 계셨다. 난 지금 생각해도 그 교훈에 딱 맞는 학생이었다.

할아버지는 서당 훈장이셨다고 했다. 아버지는 우리 교육에 항상 열성적이셨는데, 설 명절 전날에 잠을 자면 눈썹 희어진다면서 우리 팔 남매를 밤에 모아놓고는 소학 사서삼경이니 중학이니 대학이니 얘기 보따리를 내놓았고, 우린 그게 너무 재밌어서 꼴딱 밤새워 들었다. 새벽 4시가 되면 이제 아침이니 가서 두 시간 자고 나오라 하셨다. 4대 독자셨던 아버지의 교육 방법이었다.

우린 김해김씨 종갓집이라서 6시쯤 제관들이 제사를 모시러 오섰다. 첫 제를 7시에 모시고 제관들이 가시고 나면 아침을 간단히 챙겨 먹고 서둘러 차례를 모셨다. 다 모시고 나면 12시에 우리 집에서 다 모여서 세배를 드렸다. 점심을 먹고 나면 마을에서 최고로 장수하시는 할머니 덕분에 마을에서 세배를 다 오셨다.

그렇게 산 것이 우리 8남매가 세상 무서워하지 않고 다들 제 직장에서 제 몫을 하면서 살게 된 밑거름이 되었다. 난 공부도 잘했지만 아무런 거리낌이 없었다.

교사가 꿈이어서 포항여고를 가기로 마음먹었고 원서 접수 날이 가까워지자 갑자기 경숙이가 나섰다. 언제나 1등을 교환하면서 했던 친구가 간다고 했고 난 포항여고를 간다고 했으니 그 친구 몫이 당연한데도 좀 서운하기도 했다.

"아버지, 나 학교 선생 할 거라서 포항여고 원서 쓰려 학교 가야 하는 데 가도 되지요?" 아버지는 말이 없으셨다.
그런데 일주일이 가도 말이 없어서 또 말을 했다.
이젠 진짜로 일주일밖에 남지 않았다.
그리고 3일 전이 되었다.
퉁퉁 부은 눈으로 아침을 안 먹겠다고 투쟁에 돌입했다.
그러자 엄마가 아버지한테 "어떻게 하려고요?"

아버지는 아무 말도 없이 나가셨다.

원서 마지막 날, 아버지는 점심 먹으러 오시더니 "그래, 가서 원서 내라!" 하셨다.

난 세수를 해도 운 흔적이 지워지지 않은 얼굴로 여중 교무실에 들어서니, 조용택 담임선생님이 기다리고 계셨다. 나무 장작불은 거의 꺼져 있었고, 캐비닛을 열더니 우리가 보았던 모의고사 시험지를 꺼내어서 난로에 집어 던지면서 한 시간이 넘도록 뭔가 말씀을 하셨는데, 세월이 지난 지금은 그때의 시험지 던지던 모습만이 내게 남아 있다. 난 급했다. 그래서 난 원서 쓰려 왔다고 하니 다 써서 보냈다. 선생님은 "우편 발송했다. 가자."라고 하시면서 일어나셨다.

그리곤 수험표 받는 날, 조용택 선생님이 주시는 번호를 받았는데 응시표에는 포항 간호고등학교 접수번호가 적혀 있었다.

"선생님, 전 잘못된 것인데요?"

"뭐가?"

"학교가 포항여고가 아니고 포항 간호학교인데요?"

"넌 아버지가 안 된다고 하셨다면서…."

"아…!"

그래서 그날부터 간호사란 백의의 천사만큼 아름다울 거란 꿈을 키우기 시작했다.

아직도 엄마는 가끔씩 "너희 아버지가 네가 좋다고 시험 보러 가던 날 하시던 말씀이 '가서 떨어지고 오면 좋을 텐데…'였다."라고 하신다.

얼마나 두려웠을까?

하지만 그때는 그런 생각은 한 톨도 할 수 있는 나이가 아니었다.

현재 집

아버지는 아무것도 없이 6 25동란 때 상직3리에서 피난 보따리와 갓 태어난 오빠를 안고 남정면 들어서기 전의 대로까지 걸어서 가는데, 앞길에 소나기 퍼붓듯이 총알이 떨어져서 결국 뒤돌아 가셨다고 한다. 뒤돌아가다 날이 저물자 풍수를 아셨던 아버지가 지금에 천전리에 터를 닦고는 움막을 지어서 그 땅 100평을 사고 방 두 칸 초간 집을 지어서 살았다고 하셨다.

그 문서로는 아직도 있는데, 우리 집터의 35평이 어디에 있는지 알 수가 없다. 신 씨네 문중 논터에 흡수되어 버린 건데 아예 내놓을 사람이 없다.

간호고등학교
학생이 되다

✿ ✿ ✿

1975년 간호학교를 4등으로 들어가서 3등으로 졸업을 했다.

처음 접해보는 해부 수업이 있던 수요일.

내겐 백의의 천사가 되어 차트를 들고선 상을 하루아침에 박살시킨 사건이 있었다.

간호상

그날, 뼈들의 생소한 이름을 외우고 나면 머릿밑에 흰 좁쌀처럼 피부들이 돌출되고 그 허물이 다 벗겨지고 나면 또다시 또 좁쌀처럼 돋고 하던 그 시절이 다 가고 나니 중간고사, 기말고사였다. 우리에게 영어는 회화 위주의 외국인이 오셨는데 이 영어 선생님들과의 인연은 오래도록 이어졌다.

미 평화사단의 이름으로 오신 분들이 해마다 바뀌어 가면서 실전 영어를 가르쳤다.

이 평화봉사단 중에 잊지 못할 선생님이 릭 빈(박정남)이다.

이 선생님이 건의하여 우린 유강까지 자전거를 타고 가기로 했다. 난 포항공고 운동장에서 토, 일요일을 자전거를 타고 넘어지고를 열심히 했다.

그래서 자전거 타는 날이 오면 짐 자전거를 빌려 타고는 유강으로 잘 갔다.

올 때 큰 트럭들이 옆으로 바람을 일으키면서 달려가자 나도 모르게 빨려 들어갈 뻔하곤 했다. 너무나 겁이 났다.

그 이후에는 자전거를 탈 수가 없었다. 오늘까지도 자전거는 안 타고 다닌다.

나중에 세월이 흘러서 이명박 대통령의 정부가 들어서고 난 후에 미 평화봉사단을 초청해 주었다. 이 인연으로 우린 다시 볼 수 있었다.

그 당시 우리는 자취를 했다. 주로 학생 두 명이 문간방을 얻어서 연탄 위에서 밥을 해먹는 자취방 영덕에서 온 친구들이 다들 자취를 하며 살았었다. 그렇게 지냈던 8명의 친구 중에서 유독 이 친구가 면허시험에 떨어졌다.

그 이유는 그 당시에 문간방에 연탄가스가 방으로 들어와서 의식을 잃고 하루를 헤매다 깨어났기 때문이라 믿었다.

　1~5등까지는 의료원에 자동 취업이 되는데, 여중 1회 출신 이수자 언니가 서독에 음악 공부를 위해 가는 것을 보고 서독을 가리라는 꿈을 키우면서 또 다른 꿈을 꾸기 시작했다 그래서 집으로 들어왔다. 산부인과 실습을 못 했기에 영덕 성모병원을 찾아가서 월급은 안 줘도 되니 좀 실습하게 해달라면서 두 달을 살았다.

릭빈 영어선생님과 함께 찍은 사진

포항간호고등학교 임원 일동

3학년 졸업생

서독을 꿈꾸는
간호사가 되었다

❀ ❀ ❀

대구에 살던 회장 숙이와 대의원인 나는 서독을 원했다. 그렇게 기다리면서 영덕 집에 있었는데, 어느 날 숙이한테서 전화가 왔다.

서독이 없어지고 사우디로 가야 하는데, 가겠느냐고 말이다. 사우디라는 나라에는 여성의 지위가 없다는 걸 알고 있었기에 안 간다니, 그럼 올라와서 같이 미국으로 갈 준비하며 대구 동인동 영남의원 회장 고모부 병원에서 같이 근무하기를 제안했다. 그래서 나와 숙이는 영남의원에서 죽치기로 했다.

그 원장은 라이온스 대구 동부 회장으로 한 달간 세계 일주를 가시겠다면서 의원에 고급 간호사 두 명이 왔다고 하며 맡겨놓고 떠나셨다. 오전 진료를 경대병원에서 이건수 과장님이 봐주시고 나면 전화로 모든 것을 오랄 오더(Oral oder)로 받아 엑스레이 찍고 리필 처방까지 했다. 친구랑 나는 우리가 알고 있는 의료법에 저촉 안 되는 한도에서 할 수 있는 것 다해보았다. 그때는 그런 시대였다. 우린 신이 나서 근무를 했다. 나중에 원장님이 오셔서 대구 동부 의원들과 함께 용인 민속촌을 그 당시에 구경하게 되었다.

경대 이건수 과장님과 함께 - 영남의원에서

이렇게 일하고 있을 때, 친구 팔촌이 미국 가는 길을 뚫어 준다고 30만 원을 달라고 해서 줬다. "기다려 봐라. 넌 다 되면 돈만 내면 된다."라고 했는데 한 달이 지나도 연락이 없고, 원장님이 여행에서 돌아오실 때가 되도록 연락을 여러 번 해도 연락되지 않았다. 집에서도 어디에 가 있는지 모른다고 하길래, 나는 내 꿈이 물거품이 된 걸 알았다.

나 혼자서 포항으로 유학 가서 육성회비만 내고 공부하기에 아버지는 내 말이라면 다 수긍을 해주었다. 남동생은 포항 제철고에 다니고, 둘째 남동생은 대구 공고에 다녔다. 아버지와 나의 계략인지도 모르고 모두 장학생으로 공부를 했었다. 아버지는 나

이후엔 두려움 없이 자식들을 유학시켰다.

이제 정신을 차려보니 어떻게 해야 할지 막막해졌다. 마침 대구 공고 다니는 동생 자취방 근처 공고 앞에 있던 엄정형 외과에 취업했다 이 원장님은 내가 달아준 날개를 달고는 동창회 모임이나 간다면서 오후에는 주로 자리를 비웠다.

어느 날, 교통 환자가 왔다. 기사분한테 연락하라고 하고 보니 머리 두피가 ㄴ 자로 상처가 나 있었다. 난 또 스스럼없이 면도부터 하고 지혈을 하려고 보니 작은 상처였다. 나도 모르게 꿰매기(Suture)를 시작하자 옆에 있던 보조원이 도왔다. 거의 끝날 무렵, "잘한다!"라는 말에 정신이 번쩍 들었다. 원장이 와서 뒤에서 지켜보고 계신 줄도 모른 채 꿰매고 있었던 것이다. 그 이후엔 가끔씩 간단한 것은 봐줄 테니 해보라고 하셨다.

그러다 아버지한테 호출이 떨어졌다. 오빠가 군에 가야 하고 언니는 시집을 가야 하니 셋째인 네가 들어와서 남은 동생들 돌봐야 한다고 말이다. 오빠가 이미 군청에다 이력서를 접수했는데도 알지도 못하고 있다가 돌아온 고향이 결국 공직 생활을 마치는 곳이 되었다.

지난여름, 우연히 전 조용택 교육청장님을 만날 기회가 있었다.

엄마 집 앞에 전 군의원 하시던 분이 멋진 집을 지어 오셨다.

주말에 친구분들이 와서 가끔 파티를 하는데, 마당에서 고기를 굽던 날이었다. 와서 먹고 가라 하시기에 "아뇨, 엄마한테 가봐야겠어요."라고 돌아서는데, "나 조택(호호, 이건 우리가 불렀던 닉네임)인데?"라고 하시는 조용택 교육청장님의 목소리에 획돌아서 달려갔더니 밑도 끝도 없이 하시는 말씀이 "아직도 후회하나?"였다. 난 "아니요!"라고 했다. 이것이 두 사람의 오래 묵은말이 오고 간, 처음이자 마지막 사연이었다.

나만이 아니라 그 옛날 스승님도 내게 미안한 마음이 있었음을 기억하고 있었구나 싶어 감사했다.

그 옛날
스승 박

꽃 꽃 꽃

그러고 보니 더 늦게 찾은 은사 한 분이 또 계신다.

'그 옛날 스승 박'이라고 가끔씩 카톡으로 소식을 전해주시는 영덕초등학교 4학년, 6학년 때 담임선생님! 그분도 늘 맘에 담아 있던 스승님이셨다.

아버지가 돌아가신 2008년 12월 15일의 그 이듬해에 서울 친구들 모임에 우연히 가게 되면서 찾게 되었다. 한강 넓은 뜰에 모인 우린 어린 시절 오십천에 복숭아 물든 연어를 읊고 나서 어린 시절로 돌아갔다.

그 어린 시절 속에서 키 큰 신현숙이가 말했다. "노미야, 아버지 잘 계시제?"

"왜? 울 아버지 아나?" 하니 "그래, 꼭 찾아뵙고 고맙다고 인사를 드려야 하는데…. 너도 알다시피 고향에 가면 시간이 어떻게 빨리 가는지 생각뿐이라서 미안해. 애들 키우는 내내 너 아버지가 너 키우던 모습으로 아이들 열심히 키웠어. 다 서울로 안 왔나?"라는 것이다.

그 사연인즉, 초등학교 6학년 여름날인데 모시를 입은 어른 한 분이 창 너머로 들여다보고 있었다고 했다. 그래서 그 시선을 쫓아가니 내가 있었고, 나는 아무것도 모른 체 공부만 하고 있었다는 것이다. 시간이 끝나자 나가보니 그 어른이 선생님을 따라 교무실로 들어가더란다. 그분은 우리 아버지였다.

자기 아버지는 같은 학교 교사로 있으면서도 다른 교사들한테 자식을 한 번도 부탁해보지도 않으셨고 물어보지도 않았는데, 촌 노인이 와서 한 시간 내내 보시던 그 열정이 부러워 내내 생각이 났다고 했다. 그래서 다 커서 서울에 오고 보니 우리 아버지께 감사해야겠다는 생각이 들었는데, 너무 늦어서 미안하다고 했다.

난 그것도 모른 체 오늘까지 살아왔구나!
오로지 "내가 잘 났어. 공부를 잘했어."라고 생각만 하고 얼마나 당당히 살아왔는지, 나도 모르게 눈물이 흘렀다.

초등학교 때, 공부 잘하고 예뻐서 선생님이 비만 오고 물이 불어나면 조퇴하고 가라고 학교 확성기 방송으로 나올 때 마다 김 노미는 계속 남아서 공부하라고 하던 적이 있었다. 나만 선생님 사택에 가서 그날 밤에 잠을 잤고, 밥을 먹고 학교에 등교했다. 그다음은 공화당 사무국장님 집인 내 친구 영랑이 집에서, 그다음은 쌀집 신명이 집에서 밥을 먹고 잤다.

6학년 4반 박태수 선생님, 6학년 1반에 강신종 선생님, 이 두 분은 죽이 잘 맞았다. 공부 잘하는 학생들을 모아서 나머지를 시켰다. 두 반 합반을 시켰는데 시험을 쳐서 창가 1분단부터 성적 순으로 앉혔다.

난 8명이 앉는 창가에 늘 앉았다.

그날도 시험을 보고 나서 시험지를 돌려가면서 점수를 매기었다. 각자 매긴 점수를 칠판에 불러 적었는데 음악 성적을 불렀다. 누군가 내 점수 합계가 빠졌다고 말을 하자 "김 노미는 이번에 꼴찌니 말 안 해도 된다."라고 하셨다.

난 속으로 이번에 '일등을!' 하고 기대했다.

왜냐면 음악을 4학년 때부터 주일에 한번 들었는데, 이번 시험 은 전혀 몰라서 완전히 찍었으니 뭐가 틀렸는지 모르니까 그렇게 생각을 할 수밖에 없었다. 하지만 결국은 꼴찌였고, 선생님은 끝 까지 나만 남으라고 하셨다.

음악 문제지는 선생님이 갖고 계셨다. 정확히 1/4만 맞았다. 25점.

선생님은 풍금을 치면서 이 소리가 좋으냐고 물으셨다.

"네?"

"그래, 피아노란 이것보다도 근사하고 아름다운 소리가, 부드럽고 달콤한 소리가 난다."

문제는 '피아노 소리가 듣기 좋습니까?'

내 답은 '아니요.'

그날 배운 것들은 음악의 기초였다.

지금도 잊지 못할 얘기다.

그날 처음으로 선생님을 만난 게 초등 2학년이라고 하자 "언제 우리가 만났는데?"라고 물으셨다.

그때 우리 학교 합창단이 있었는데, 잘 모르지만 학교 계단에서 연습하고 있었다. 지금 생각해보면 맘이 아프다. 며칠이고 학교 끝나고 계단 아래 서서 쳐다보고 있던 내 모습이….

어느 날 선생님이 나보고 뒤에서 셋째 줄에 서서 노래를 부르라 하여 난 그날부터 합창단원이 되어 노래를 불렀었다고 하자 잘 모르시는지 말이 없었다.

그날 이후로 난 선생님의 음악 제자가 되어 있었다.

물론, 다음 달 시험은 두 개만 틀렸다.

우린 박태수 선생님과 강신종 선생님을 갑돌이 갑순이로 불렀다. 우리 담임이 갑순이었다. 나는 태종태세문단세… 이렇게 노래를 만들어 외우게도 하셨고, 박태수 선생님이 만들어주신 노래 '단비'를 부르는 유일한 학생이 되었다.

강신종 선생님은 우리 담임에게 학생을 맡기고 열심히 야구부를 키웠다.

그때 여자이면서 야구부 투수를 했던 춘자, 그 친구를 난 지금도 보고 산다.

필연인지 모르지만, 난 그 친구와의 인연을 아주 특별히 간직하고 살아가게 되리라.

중학교 때 무지 활발했던 춘자는 전과를 과목 수대로 갖고 있었다.

이 친구는 가끔 "노미야, 이 책들 너 가지고 가서 중요한 데 줄도 치고 달아 놓을 거 있음 연필이든 뭐든 맘대로 좀 써놓아라."라고 했다.

그 친구의 아버지는 지품에서 면장을 하시고 계셨다. 언제 온다고 하시면 "노미야, 전과 갖고 와라."라고 하셨다.

그렇게 해서 내가 꼭 문제로 나올 것을 붉은 줄로 그었다고 보라고 하면, 내가 일 등 하면 자기는 그걸로 만족한다고 했다.

난 오늘도 그 친구의 삶을 안다고 생각하지만, 내 삶도 잘못 이끌어왔으니 여전히 옛날처럼 보며 반가운 친구가 있어 좋다.

그 일들이 이렇게 된 것도 모른 채 보답도 못 하고 돌아갔으면 어쩌지, 생각엔 덜컥 겁이 난다.

혹시나 이미 현숙이처럼 가슴 아프면 어떻게 할까 고민만 하고 있다가, 그해 봄 축산항에 출장을 가니 불현듯이 생각이 났다. 축산항 민원실에서 옛 스승이 계셔서 찾아주셨는데 아들 이름과 전화번호만이 있었다.

그럼 아버지는 돌아가신 것 아닐까 하고 조심스럽게 전화를 했더니 수성구 황금동에 있다고 했다. 그래서 복숭아 한 상자를 들고 가서 만나고 나니 그 모습 그대로였다. 너무나 다행이었다. 그 이후에는 가끔씩 카톡을 해주신다.

어느 날 사진 두 장이 왔다.

"아드님이신 것 같다."라고 했더니, 사위랑 손주랑 스승님이 대전 육군 참모총장실에서 찍은 사진을 보내주셨다. 나는 셋째 외손주의 백일 전 사진을 보냈다.

"그놈 장군감이다." 그 옛날 스승 박이라는 멘트가 왔다.

오래도록 건강하시길 바랍니다.

손주 사진

예수를
영접하다

❉ ❉ ❉

지금은 안다.

모든 게 우리가 태어나기 전부터 인연의 끈도 선물처럼 찾아오기도 하지만, 악연이 되어 평생 벗어나지 못하고 있었음도….

그리고 한사람이 성장하는 데 얼마나 많은 사람들의 도움이 있어야 옳은 사회구성원으로 제 몫을 할 수 있는지를….

참으로 좋은 부모님을 주신 것도, 내 몸의 건강하게 해주신 것도, 필요할 때마다 좋은 인연이든 악연이든 채움을 주셨는데, 지금 돌이켜보면 내가 피해자로 너무 오랜 세월을 어둠에 갇혀 있었다.

바보 같은 공직생활 말년 10년이 너무 안타깝고 억울해도 내가 헤쳐 나오지 못한 것이며, 이 또한 나를 단련해주신 것이니 감사하는 마음을 간직하려 한다.

내 인생의 히든 타임(Hidden time)이 이것뿐이겠느냐마는, 남을
위해 소모한 시간이 너무 많았음을 이제야 아니, 얼마나 어리석
게 살았는가 하고 깨달음을 주심에 감사할 뿐이다.

아버지와
살던 때가 좋았다

❀ ❀ ❀

아버지가 치매가 오신 것은 아니었지만, 손발 컨트롤이 제대로 되지 않아 말년에 병원에 모셨는데 결국은 돌아가셨다.

그때 아버지 친구분들이 나를 불러서 호통을 쳤다.
"그게 고려장이란 걸 모르느냐?"
난 울면서 그렇게 생각해주심을 감사해 했다.

아버지를 존경하시던 그분들, 오무근 어르신과 신○○ 어르신.
"천호야(아버지 호), 너는 복이 많다. 딸도 하나같이 잘 키워서 다들 제 몫 하면서 부모님께 공경하니…"라 하셨다고 아버지가 늘 자랑하셨다.

나는 일요일이면 교회 마치고 찾아가서 불경을 읽어주시기도 하고, 성경을 읽어주기도 했었다.

한날은 요양보호사가 내게 와서 아버지를 잘 모셨는데도 아버지가 가끔씩 발로 차서 옆구리가 아팠다고 말하셨다.

"아! 그래요? 그래서 지금도 아프세요?" 그러면 "지금은 조금 아픈데 괜찮아." 그러고는 요양보호사가 가고 나면 눈을 감고 계시던 아버지가 한 말씀을 하신다. "다 믿을 수도 없고, 그렇다고 안 믿을 수도 없지 않겠느냐?"라고.

난 그제야 아버지의 철학이 주시는 의미를 알기에 "아버지! 함부로 아버지를 다루거든 눈 꼭 감고 차버리셔요." 그렇게 나는 안심을 했다.

나를 살찌웠던 아버지의 그 많은 말씀도 숨이 멈추는 순간 더 이상 들을 수 없음을…. 한 포도나무에 가지 여덟 개라도 한 가지처럼 아버지의 말씀을 다 받아먹고 자라지 못했음도 안다. 어찌하여 내가 아는 아버지를 저 아래 동생들은, 우리 종손 오빠는 모르실까? 안타깝고 한없이 고맙다. 아버지를 얼마만이라도 알고 살았음이….

난 일 년에 두 번은 아버지 산소에 가서 풀을 뽑는다.

벌써 8년 째다. 그러면서 어느 날 독백이 고백처럼 흘러나왔다.

"난 아버지와 살던 때가 참 좋았다."라고.

"아버지를 집으로 모시려고 준비하던 차에 돌아가셨어, 미안해." 하면서 많이 울었다.

가족계획 선임이 되어서
결혼을 했다

❆ ❆ ❆

결혼으로 26년을 두 겹의 무게를 어깨에 메고도 씩씩하니 잘 참을 수 있었던 내공은, 일을 좋아했고, 뭐든 하면 1~2등으로 성적을 올려야 하는 오랜 몸에 밴 근성이었다. 아무튼, 도와주는 많은 분의 호응 속에서 가족계획 우수 군으로 선정돼 나중에 조용자 선생님이 대만 견학을 가게 되었다.

가족계획 간사로 오신 이국적인 외모에 조용하신 정○수는 우리말로 보고서를 만들고 한문으로 변환시키는 과정에서 뜻이 맞는지 봐주시는 일을 했는데, 우린 4학년 때부터 순수 우리말로 된 신문과 국어책 때문에 한문을 몰랐다. 어릴 때 아버지에게 익힌 한문도 기초로는 모자랐다. 천자문을 써다 주시면서 오늘부터 5자, 내일 10자, 한 달 후에 시험 보겠단 말에 그걸 다 익혔다.

한 달에 한 번씩 『가정의 벗』이란 책이 나왔다. 읍 면 동장과 부녀회장 집에 배달 보내는 게 주 업무인 간사 덕에 오토바이 뒤에 타고 백석까지 가서 내려야 했는데, 다리가 떨려서 설 수가 없었다.

오토바이를 안 타본 사람은 모르리라.

내 결혼생활은 지옥이어도 일이 있어 좋았고 큰딸, 둘째 딸이 정말 예쁘고 귀여웠는데, 눈이 특히 예쁜 둘째는 백만 불짜리 눈이라서 안고 가면 뒤에 오던 사람들이 아이 눈만 보고 오다 갈 길을 되돌아간 적도 많았다. 그 딸들이 나의 버팀목이 되어서 오늘도 난 당당히 살아가고 있다.

그 당시에 정관을 가장 많이 하신 분이 영덕읍 조 선생님과 강구면 조 선생님이다. 나의 리더십에 모두 따라주었던 두 분 덕분에 우린 참 재밌게 생활을 했다.

안동댐이 생긴 해, 한번은 영덕 조 선생님 집에서 한밤에 김밥을 싸서 그 이튿날 토요일 출근해서 평소와 같이 출장 달고 빨리 나와서 영주 가는 버스에 타기로 약속을 했다.

갈 때는 영주 시외버스터미널에서 내려 두 대 택시에 나누어 타고 영주 부석사에 갔다.

밤이 되자 달이 너무 밝아서 잠을 이루지 못하고 생각해낸 오락이 겨우 나무둘레 뒤에 숨을 수 있는 숨바꼭질이었다.

휘영청 밝은 달빛에 그림자를 숨길 수 있는 나무 뒤에 숨는다는 것이 얼마나 힘이 들던지, 뛰다가 보니 엎어져서 손바닥에 피가 나도 아프단 말도 하지 못하고 달려서 숨었던 기억이 난다. 오랜 세월이 가도 그 웃음소리가 지금도 기억이 생생하다.

장관은 그 이튿날 되어서야 벌어졌다.

키가 택시 지붕을 뚫을 것 같은 강구 강 선생님과 뚱뚱하셨던 두 조 선생님과 합쳐 8명인데, 어쩌다 택시 한 대만 들어왔다. 괜스레 불안해져 기사한테 우리 한팀 태워주고 다시 와서 태워주라고 부탁을 하자 그 기사분 왈, 다 타보자는 것이다. 일단 뒤 칸에 4명 타고 홀쭉이 한 명이 옆으로 무릎에 누이고 앞 보조석에 조 선생님과 한 명을 앉고 또 한 명은 옆으로 안긴 채 무릎을 굽혀 발을 창문으로 올렸다.

근데 출발하자마자 비명이 터졌다.

겨우 차 한 대가 갈 수 있는 길이 꾸불꾸불 굽이치니 이쪽으로 굽이치면 무릎에 누운 사람들이 쏠려서 창에 부딪히고 그야말로 위험천만인데도 불안하긴커녕 웃느라 혼이 다 빠져서 그 긴 길을 나왔다.

또 한 번은 간사 뒤에 내가 오토바이를 타고 9개 읍 면 요원들은 또 몰래 포항 가는 차를 타고 청하 보경사 계곡으로 여름 단합대회를 갔다.

다 놀고 보따리를 사놓은 뒤에 영덕 조 선생님이 돈 풀이를 했다.
그런데 온 명수대로 나누었는데도 돈이 한몫이 비었다.
지쳐서 우린 따뜻한 바위 위에 배를 깔고 누웠다.

이번에는 간사가 나서서 계산을 해도 안 되었다.
결국, 답답한 영덕읍 조 선생님이 큰 돌은 천 원, 작은 돌은 오백 원, 아무리 계산을 해도 안 맞길래 해는 저물고 이러다 차 놓친다고 일어서는데, 우리 모두 몇 명이지 그러다가 웃음이 터졌다. 조 선생님, 자기는 몫을 뺀 채 계산해서 결국은 돼지들 소풍 간 날이 되었다.

그렇게 할 무렵, 친구 국자가 청도군에서 보건 요원으로 근무를 하다고 해서 영덕으로 불러 달라는 그 오빠네 가족의 청이 있어 결핵실에 근무하게 해주었다.

그렇게 선임지도원으로 살면서 그 당시에 엠뷸런스로 대구 가족 계획 협회에 정관·난관 수술하는 사람들을 태워서 가게 되었는데, 달산면에서 12월 초에 실적이 부족하다면서 15명을 태웠다.

기사와 나랑 요원을 빼면 12명의 난관 시술자 중 유산을 해야 하고 루프도 빼고 시술을 해야 할 사람들이 태반이었다.

엠뷸런스 기사는 강구면에서 출퇴근하시던, 지금은 고인 되신 김 기사셨다. 새벽 4시에 천전에 나를 태우러 와야 하는데, 천전리 다리를 건너려고 상향등을 켜서 보니 앞에 산에 올망졸망 공동묘지만 보이고 방향을 잃어 겁을 먹고는 뒤돌아가서 당직자를 깨워서 다시 왔단다. 마을 입구 다리에 서서 그 새벽에 김노미라고 얼마나 외쳤을까? 그렇게 태워서 달산에 가니 백정희 씨가 사람을 모아놓고 떨고 있었다.

그렇게 해서 또 왔던 길을 되돌아 달산면까지 가는 길에 눈이 왔다.

그 눈이 가시처럼 창문을 뚫고 눈을 찌르는 걸 느끼면서 사람 배달을 다 마치고 나니 밤 12시가 다 되었다.

그제야 인사를 하고 돌아서는데 달산면 보건 요원 남편이 차를 세우면서 전기밥통에 밥이 있으니 김치와 먹고 가란다.

정말 저녁밥을 밤 12시에 꿀맛으로 먹고 보건소에 돌아오니 고신동대 계장님이 기다리고 계셨다. 난롯가에 서서 동 그릇을 올렸다 내렸다 저녁을 못 드시고 우리 오기만을 기다리고 계셨다.

미안하기 하고 너무도 고마웠다. 그래서 얼마 후 설날이 돌아오자, 우체국 앞, 종합약국 뒤에 감나무가 컸던 신 계장님 댁에 가서 한복을 입고 세배를 올렸다. 지금 생각해도 내가 참 잘했던 일이다.

읍·면별 대구협회 가는 일은 한주에 한번은 가도 아무런 불평도 없이 그게 우리의 일이거니 했다.

그 외 출장 다녔던 일 중에 기억에 남는 일이 있다. 아침에 출근하면 모자 보건 키트라는 알루미늄 통이 있었다. 그 속에 루프랑 피임약, 콘돔을 담고는 바로 영해가는 버스를 타고 영해 시외버스정류장에 내려서 원구를 지나 대동리 부녀회장 집에 도착하니 저녁이 되었다.

부녀회장님이 지어주신 밥을 같이 먹는데 벌써 바깥에서 아주머니들이 떠들썩하니 찾아왔다.

그 호롱불 앞에서 루프를 하고, 콘돔도 팔고, 피임약도 팔고 나니 거의 11시가 넘어서고 있었다. 마을 주민들이 거의 다 왔다 가신 것이다.

이튿날, 일찍 지어주신 밥을 먹고 보건소로 되돌아가면 퇴근시간이 되는 것이다. 그렇게 다녀도 모든 것이 신이 났다.

그때 엄마들을 보면 그저 안타깝고 하나라도 더 가르쳐 드리고 싶은 맘에 내내 종알거리면서 아는 지식을 동원하곤 하였다.

이렇게 9개 읍 면 마을을 오라고 하면 밤이든 낮이든 찾아갔다.

그것이 다 나의 일임을 인식하고 일했다.

공무원
선 서

❦ ❦ ❦

공무원 선서에 보면 윗사람이 위법이 아닌 것을 말할 때는 복종의 의무가 있던 걸로 되어 있었다. 공무원은 24시간 근무의 연속 선상에 있다고 생각하고 있었다.

이 법이 올 3월에서야 개정이 되었다.
요즘은 시간 외 수당도 있고, 복종의 의무도 없고, 보고의 의무도 희박하다.
연가 결재도 자기 돈에서 지출되는데, 왜냐고 물으면 안 되는 것이다.
그저 결재가 올라오면 해줘야 하고, 뭘 물으면 거기 책자에 있는데요.
두 번 다시 물으면 웬 짜증이냐고 기분 나쁘다고 말한다.

우리 세대는 해방둥이 베이비붐 세대라 아직도 윗사람을 존경하고 아랫사람을 인덕으로 다스리려고 노력하지만, 세월의 흐름이 우리 세대에서 다음 세대를 단절케 한다.

그땐 그랬다
(베이비붐 때 태어난 우리)

※ ※ ※

그러다 보니 2007년부터~2009년 32호봉인 난 이리저리 피해 자다.

이명박 정부에서 3년 월급을 동결할 때 연금이 확정되었고, 이제 올해 퇴직인 난 또한 억울함을 호소할 길을 찾지 못하고 있다.

박근혜 정부에서 연금이 부족하단 이유로 5년간 다시 동결을 결정했다.

결국, 열심히 일만이 살길임을 알고 노력한 대가를 너무도 몰라주는 정부가 야속하지만, 하소연할 길이 없다.

가족계획
선임 7급을 빼기다

❁ ❁ ❁

정말 가족계획 선임지도원으로 열심히 잘하고 있었는데 진료실에 계시던 고참 간호사가 영덕초등 양호교사로 가신다고 옛날 송별회 때만 먹어본 불고기를 먹고 보냈다. 그런데 이틀 후에 짬뽕을 싸주고는 귀향했다. 사연인즉, 차나 나르라고 하기에 못 견뎌돌아왔다는 것이었다.

그랬구나 하고 말았다.

그런데 다음날 출근하니, 박봉동 보건행정 계장과 신동대 가족보건 계장이 다투면서 "빨리 김 여사한테 얘기해라. 난 못 한다." 고 하자, 보건행정 계장이 "군청에서 다 해놓았는데 어떻게 하라는 것이냐?"라고 서로 화를 내고 있었다.

뭔가 나 때문인 것 같아 가족보건 계장님께 물어봤다. 무슨 문제인데 내가 거론되느냐고 그러자, 가족계획 선임지도원에게 7급

주라고 내려온 공문인데, 진료실에 앉아서 가만히 일하는 사람이 차지하는 법이 어디 있느냐고 했다.

난 퇴근 후에 생각해보았다. 김○현 내무과장이 최 여사를 어떻게 알고 양호교사로 간 사람을 다시 불러서 7급을 준다는 것인데, 그제야 알게 된 것은 최 여사의 남편이 군청에 계장으로 근무하고 있었기 때문이다. 이미 돌이킬 수 없는 일이었다.

이튿날 출근을 한 후에 차분히 말했다. 이 자리가 어렵고 힘드니 그만한 공이 있어 주어진 7급을 최 여사가 받아야 한다면 나와 서로 업무라도 바꾸어야 하지 않은가?

그렇게 해서 진료실로 맞바꾸어졌다. 그런데 민원이 보건증 하러 왔다. 뭔지 몰라서 가족보건계로 가서 최 여사에게 "선생님, 보건증 하러 왔는데 어떻게 해요? 한 번만 해줘요." 하니 "나도 모른다. 오늘 나도 업무 익혀야 하니 가라."였다.

근데 그 당시 청사관리로 있던 김병규 군이 슬그머니 따라오더니 "이 업무는 제가 자주 했던 업무인데 오늘은 제가 해드릴게요."라고 해서 밤에 진료실 업무 관련 책을 갖고 가서 보고 그다음 날부터 하게 되었다.

1984년,
마침내 모자 보건센터가 건립되었다

✿ ✿ ✿

1984년 보건소 건립이 시작되었다.

이인향 군수님이 계실 때의 일이었다.

군수님은 늘 일을 조용히, 알뜰하게 처리하셨는데….

집이 중간 위치에 있고, 뒤에는 테니스 코트를 설치되어 있었다. 그 군수님은 "산모가 아야 지야 하는데, 거기서 테니스 하면 안 되지 않느냐?"라는 것이다.

그래서 우린 처진 네트를 활용해서 산모가 없을 때 편을 갈라 그 공간에서 족구를 했다.

여자들은 서브만 발로 하고, 네트 앞에서 손으로 배구 네트로 사용해서 남자 머리를 주먹으로 치고는 웃곤 하며 스트레스를 풀었다.

그 당시 근무하던 남자 동료들 강덕구, 이병철, 강수진, 임학철 등.

외국 차관 자금을 쓰게 되면 10%는 보건사업에 투자해야 할 의무가 있었는데 도에서 작업이 시작되었다.

신명애 선생님의 주선으로 도청에 김진수 가족보건 계장, 영덕 김노미, 경주시 박두희, 의성에 있다가 적십자로 옮긴 간호 조산사 3명을 이십만 원 들고 도의 가족보건계로 출장을 오라고 하셨다.

신명애 선생님과 김진수 가족보건 계장과 도청 옆에 있는 하나 여관에서 3박 4일 작업이 있었는데, 모자 보건센터가 강원도랑 전라도에서 시범하는 사업으로 하다가 올해부터 계 단위로 승격을 시켜준다는데, 조산을 하고 있었던 우리 셋을 불러놓고 도 단위에서 차관자금으로 건물을 지어줄 테니 분만을 하라는 것이었다.

그리고 우선은 '6급 리드 상당의 월급을 주고 다음 해에 바로 계장으로 만들어 주는데 너희들이 주인이 되려면 어떻게 하면 될까?'였다.
우린 조산사가 주 업무이니 조산사를 승진에 부칙으로 넣어 놓고 내려왔다.

그렇게 해서 1984년, 지금 보건소 남쪽 건물이 모자 보건센터로 준공을 하게 되었고, 난 리드로 1986년 11부터 산모를 받게 되었다.

이 건물은 10년 후에 서류를 못 찾아 헤매던 재무계장이 날 찾아왔었다.
그래서 내가 써준 차관사업으로 지은 건물이 우리 군 자본이 되었다.

이 무렵에 선린에서 겨우 조산사로 수습을 마쳤으나, 선린에서 기혼이라고 해서 취업이 안 되자 이윤수 씨가 김명수랑 우리 군에 이력서를 내놓고 있었던 모양인데, 아무리 기다려도 인사 담당자로부터 연락이 없자 한참 후배랑 찾아왔다.

선배를 취직시켜서
무슨 일을 보려고…

✿ ✿ ✿

말인즉, 일 년 선배라고 했다.

근데 80명인 한 학년에 두 반인데 모르는 선배였다.

자기는 경주 건천에서 통근해서 모를 거라고 하면서 열심히 할 테니 인사 담당자가 내가 허락하면 해준다고 했기에 힘 좀 써달라는 것이다.

친구 경숙이는 조산사 자격 없이 시내에서 분만을 돕다가 말썽이 되어 치과에 근무하고 있을 때였다.

산부인과 공보의와 둘이서 하려니 모든 게 나의 손을 걸쳐야했다 공보의 선생님은 자주 집으로 가고 나면 일요일은 온통 나혼자 차지였다.

그 무렵 들어온 박 간호사, 김 간호사 두 명이 센터 숙소에서 숙식하면서 산모를 보고 있다가 분만이 이루어질 시간이 되면 나나 공보의 선생님에게 연락을 하곤 했던 터라 포항서 출퇴근하면 곤란하다고 하니, 자기 남편이 택시운전기사이니 자기 당번 때는 지키겠다고 했다.

그래서 인사담당자를 찾아가니 정말 잘 차려진 사무실이 집안에 있었다.

그렇게 말하니까 인사담당자가 하신 말씀이 "선배를 취직시켜 무슨 일을 보려고…?" 말끝을 흐리시면서 "김 계장이 좋다고 하니 낼 발령내지 뭐." 하셨다.

그래서 탈도 많고, 말썽도 많았던 모자 보건센터 업무를 했다.

1989년 1월 1일 자로 6급 리드로 일하는 조산사로 계장 발령하는 공문이 도에서 전달되었다. 1985년도 연달아 동쪽으로 향한 보건소 건물이 신축하게 되어 같이 근무를 하고 있을 때였다.

임상병리사로 있던 1년 선배 남자가 근무하고 있었는데, 그도 슬리퍼 신고 취업하러 이력서를 들고 왔길래 돌아가서 낼 양복 있으면 입고 군청 내무과에 가서 이력서를 내라고 했던 사람이었다.

그런 그가 선배와 자주 한잔을 하면서 친분을 쌓았던 모양이다. 선배라고 취업을 시켜주었는데, 임상병리사로 근무하는데 6급 받아서 내년에 포항으로 나가니 나보고 양보하라는 것이었다.

그제야 인사담당자가 하신 말뜻을 알게 되었다.

이게 말이나 되는 소리인가? 그런데 그 남자 직원은 도에 계신 경제국장이 자기 부인 집 경주에서 자취를 했다고 연줄을 넣었던 모양이다.

그 일로 난 내가 만들었던 자리를 도에서 가장 늦게 1989년 6월 14일 임명장을 받게 되었다.

그러고 보니 내 인생에 늘 걸림돌이 되곤 했던 사람 중 또 한 사람의 선배를 내 손으로 넣었다.

결혼을 하고 나니 6촌 집안에 간호사로 시집온 사람이 있었다.

그리고 나보고 취업을 시켜달라고 해서 보건소에 들어오게 했었다.

근데 굳이 가족계획계 선임으로 있는 내 밑에서 일을 하겠다고 해서 안 된다고 했다.

그 이후엔 우리가 집을 사서 생활을 했는데 그 6촌이 우리 애들 아빠 인감도장을 맡아놓고는 자기 멋대로 농협에 보증을 세워서 우리 집을 담보로 해서 살고 있는 걸 몰랐다.

하루는 퇴근해오니 등기 우편이 와 있었다. 그 내용은 집을 압류하겠다는 것이었다. 그것도 아주버님 이름이 아닌, 생판 모르는 흥해 누구라고 되어 있었다. 난 신랑이 바람 때문에 이 집까지 넘어가나 보다 그러고는 집에 들어오자마자 신랑을 잡았다.

그러고는 누구한테 보증을 섰느냐고 하니 난 모르는 사람이고, 6촌 형이 내 인감도장을 갖고 가서는 안 준다고 했다. 그래서 당장 알아보라고 했는데, 그날 밤 알 길이 없었다.

난 다음 날 사무실에 가서 그 내용증명을 6촌 시집 형님인 직원한테 내밀었다.

그것이 화근이 되어 나만 보면 시집 형님 대접이 없다는 둥, 선배 대접이 없다는 둥 늘 말꼬리를 물고 설쳤다.

또 한사람 선배는 친구 오빠였다. 그도 결국은 내 승진을 6개월간이나 가로막더니 포항으로 갔었다. 그리고 10여 년이 지난 후에 북구청 민원실에 겨우 들어갔다가 나중에서야 계장이 되었다고 들었다.

분만이
시작되었다

✾ ✾ ✾

아마도 1986년 11월 모자 보건센터에서 분만을 시작해서 1994년 여성 1기 간부반 교육 3달을 들어가면서 모자 보건센터를 폐쇄하기까지 5월 5일 어린이날 태어난 아기는 내가 다 받았던 걸로 안다.

그리고 5월 5일 어린이날이 되어 내 당번이 아닌 날이라 애들 데리고 나가려고 다 차비를 해놓으면 어김없이 전화가 왔다.
분만 진행이 급한 산모가 왔다는 호출이었다.

내 공적은 하나님의 것
(친구의 기도로 이룬 것)

❀❀❀

1986년 11월~1994년 4월 24일까지

1,000여 명의 아기를 받았는데도 한 건의 불의도 없이 받을 수 있었던 것은 참 다행스럽다. 지금 생각해 보면 내 친구 영옥이가 생각이 난다.

그 친구는 예수를 믿는 신자로, 선린 이종학 산부인과 과장과 함께 일하고 있었는데 가끔 전화가 와서 하는 말, "널 위해 30일 기도한다." 언젠가는 100일 기도하고 있다고 했다. 그 친구의 기도가 날 지켜주신 것이었고, 그분의 계획이 이미 오래전에 나에게 이 길을 선택해서 오게 해주신 은혜라고 확신한다.

그 오랜 친구는 아직도 날 위해 기도해주고 있으며, 우리의 우정은 간호학교에서 이루어졌다. 그 친구가 공부를 할 때면 내가 실습을 가고, 그 반대일 경우도 우린 연인들처럼 편지를 써서 주고받았다.

그 친구가 시집을 가면서 하는 말, "네 편지 곱게 다려서 와이셔츠 통에 넣어간다."

난 이 친구의 기도 덕분에 하나님을 알게 되어 기도하지만, 유치하게도 난 내 가족을 위한 기도도 다 하지 못하고 살며 남을 위한 기도의 공이 얼마나 큰지를 이제야 알게 되었다.

그래서 난 공으로 받은 은혜에다 친구를 잘 둔 덕을 자랑하면서 산다.

분만이 어려운 과정임을 아는 사람은 이 분야에서 오래 일을 해본 사람만이 알지 않을까? 아마도 산모조차도 잘 알지 못하리라.
아픔의 고통이 지나면 그 아픔도 귀여운 아이의 커감에 잊어버리지만, 1,000건을 받을 때마다 현명한 선택을 주신 그분의 감사함을 이제라도 알게 해주어 다행이다.

신 계장님이 당직일 때 영해에서 온 산모가 분만을 했다. 정상적인 분만이라 다 받아서 아기를 울려서 호흡을 확인하고 나니 귀가 없었다.

난 직원들을 재촉해서 산모를 방으로 모시게 하고, 아기를 유심히 살펴도 아기는 눈을 뜨고, 아주 건강하고 밝아 보였다. 다시 보니 귀가 있어야 할 자리가 좀 볼록하니 되어 있었다.

그래서 아기를 데리고 산모 방에 가서 아기를 보이고는 산모 상태도 보니 더 이상 출혈이 없었다. "모든 게 잘 끝났고 건강하니 감사합니다. 산모도, 아기도 건강합니다." 그러니 보호자로 오신 할머니도 좋아라 하셨다.

그리고 조용히 아기를 들어 보이면서 귀의 바깥 부분이 없는데 불룩한 걸 보니, 안쪽에 다 생긴 것 같으니 큰 병원에 가서서 검사를 해봐야 할 것 같습니다. 지금 바로 가시려고 하시면 포항까지 태워 드리겠다고 하니 할머니랑 좀 생각을 해보겠다고 하셨다. 그리고 당직하시는 신 계장님께 모든 걸 보고하니 새파랗게 질려 있었다. 그분들은 집으로 가서 의논한 후에 결정하시겠다고 했다.

분 만
응급 사태

✽ ✽ ✽

그야말로 응급사태가 일어났다.

퇴근이 되자 당직자만이 남고 퇴근을 하는데. 당직인 이 간호사가 산모 내진한다고 했다. 그래서 수고하라고 할 겸 내진하는 산모 방에 들어가 보니 이 간호사가 산모 내진을 하는 데 한참을 애를 쓰고 있었다.

"왜?"라고 하자 "괜찮어."라고 하면서 손가락을 조심스럽게 빼내는데, 보라색 거품이 일어난 피가 섞여 나오고 있었다.

나도 모르게 급하게 "기사 대기시켜라. 산모 응급이다."라고 외치자 직원들이 김 기사를 대기시켰고 난 링거를 꼽고 산모를 태워 "최대한 빠른 속도로 달려야 한다. 선린병원 응급실로 바로 가라." 고함을 치면서 선린병원에 연락해서 응급 산모를 보내니, 산부인과 선생님 대기시켜 달라고 부탁을 하면서, 전치태반 산모를 진료 중 태반을 찔러서 응급 상황 발생하여 보내니 준비하라고 일렀다.

그 촉박함이란 건 겪어본 사람만이 알리라.

김영삼 문민정부가 요구한
전국 여성동장 200명 프로젝트 1기생이 되다

❖ ❖ ❖

※ 제1기 여성간부 양성과정 수료생 보수교육기념(95. 5. 31) ※

훗날 이 모든 걸을 아는 신 계장님이 예방의약 계장으로 있을 때인 1994년, 나는 5급 사무관 대우를 받고 있었는데, 김영삼 문민정부에서 전국 여성 동장을 뽑으려고 보니 인재가 없어서 여성 간부 양성 과정을 최형우 내무부 장관에게 명했다.

전국 여성 동장 200명 그 프로젝트 1기에 내가 가리라고 맘을 먹었다.

그런데 행정학과 문법, 행정법과 국사, 영어회화, 논술이 시험 과목이었다.

오직 이 길만이 사무관이 될 수 있는 길임을 알고 시험을 치기로 작정했다. 행정시험 공채 7급 문제지를 싸서 공부하기 시작했다.

그렇게 일주일쯤을 하던 어느 날, 보건행정계장으로 오신 정 계장이 나를 불러 놓고 회유하기 시작했다.

최 계장이 올해 시험 치고, 내년에 김 계장 시험 보도록 하라는 것이었다.

그래서 최 계장은 나이가 나보다 10살 위라서 자격이 없다고 나는 말했다.

그때 지침이 계장으로서 3년 이상 근무한 자로 나이는 45세 이하라야 시험을 칠 자격이 된다고 했다. 맨날 나보고 자기는 학교 선배는 아니지만, 10년 선배 대접 안 한다면서 "일요일 운동장 나가는 것은 막내로 들어온 네가 해라." 하셨고 그러자 호적이 5년 늦게 되어 생일이 올 8월이니, 만 45세로 3월 시험은 가능하다는 것이었다. 참 기가 막힐 일이었지만 그땐 그랬다.

"그럼 어떻게 하면 되지요?" 하니 "방법은 많이 있잖어." 병가를 달고 치료받으라는 것이다. 그래서 진단서를 내면 되니 산부인과 출혈이라든가, 디스크라든가….

옛날엔 다들 그렇게 지냈다. 그 이튿날 서창수 외과에 가서 허리 아프다고 물리치료를 3일 연속 받고는 진단서 필요하다고 엑스레이 찍어야만 가능하다고 해서 찍었는데, 진단서 낼 수 없이 깨끗하다고 해서 그냥 돌아왔다.

남 과장이 인사를 볼 때라 나 지금 이런 상황이라고 보고하면서 어떻게 하느냐고 "원서 취소해주세요." 했다. 그런데 도에서 대통령 지시사항이라서 취소하려면 군수 사유서가 붙어야 하니, 그대로 출장비 줄 테니 시험 보고 오라고 했다.

겨우 한 주밖에 못 본 문제지를 들고 2주 남은 시험 기간동안 몰래 숨어서 가끔 보고, 집에 돌아와서 애들 보면서 보았다. 그렇게 시험을 보고 나니 우리 경북 팀을 불러 모았다. 알고 보니 수원 내무부 연수원에 경북에서 올라온 사람들이 정말로 많았다. 그렇게 알게 된 사람들이 나와 최 계장으로 인해 훗날 슬픈 사연이 있게 되었다.

나 개인적으로도 무척 힘든 시기였다. 그해 언니가 4.7일 보건의 날, 저세상으로 가고, 난 집에 들어와서 쉬고 있었다.

나를 찾아온 직원이 12시 30분에 보건소에 와서 전화를 꼭 받으라고 했다. 내무부 연수원 직원이란 말만 들어도 겁을 먹던 시절이었다.

　그래서 기다리고 있는데 웬일로 최 계장이 점심도 먹으러 가지 않은 채 자리에 있었다. 그때 온 전화는 최○혁 씨였는데, "지난번 시험에 합격했어. 오늘 경북도청 지방과로 팩스가 갔으니 내일이면 영덕군 인사담당자 앞으로 팩스가 갈 거니 담당자한테만 알리고 말하지 말고 있으라."고 했다.
　그저 '예, 예'만 하고 나오면서 "낼 출근 할게요." 그랬다.

　그런데 이틀날 인사담당자로부터 전화가 와서 김 계장 뭐라고 최 계장만 되고, 네 이름은 없다고 했다. 난 뭐가 잘못된 건지 알아봐 달라고 했다. 인사담당자는 연수원에 알아본 결과 도에서 착오가…. 더 이상 말은 않고, 낼 출장 달아줄 테니 연수원장한데 가서 알아보라고 했다.

　난 덜컥 겁이 났다.
　내가 들은 것은 확실하다는 것인데, 세상에 이렇게 할 수도 있구나 싶었다.
　군청에서 허락해도 출장 결재는 보건소에서 해야 하는데, 누가 결재를 해주겠는가였다.

　다음 날, 고민 속에 출근을 했다. 인사담당자에게서 올라오라는 것이었다. 도청에서 후보로 내 합격을 알리는 팩스가 왔다면서.

　고양시에 노모와 단둘이 살고 계시는 노처녀의 노모가 오늘내일해서 못 오게 되었단다. 그래서 내가 후보로 올라왔다는 것이었다.

그때는
그게 법이었다

✽ ✽ ✽

애들 둘을 이모네 동생이 집에 와서 보기로 하고, 3달 교육을 받으러 내무부 연수원으로 갔다.

연수원에 입교하는 날, 최○혁이라는 분이 날 찾아오셔서 하시는 말,

"그렇게 오게 되었으니 그분보다 1점이라도 더 맞고 가셔야 합니다."라고 주문했다.

그런데 토요일 날 1시 마치면 난 내려와서 일주일 먹을 미역국이랑 반찬을 해놓고 일요일 날 막차를 타고 갔는데, 최 계장은 아예 집에 내려오지도 않고 공부만 했다.

내가 시험에 붙게 된 동기는 논술로 나온 문제에 쓰레기 대책이 아닌 "일선 여성 공무원의 활성화 방안에 대해 논하라."를 답한

것이다.

그래서 일선에서 여성 공무원이 제일 많은 보건 요원들이 대학을 나온 전문인력인데 겨우 계장에 머무르고 일생을 보건소에 근무해야 하는 불편함이 있다. 두 번째로 많은 사회복지과 직원과 계장 이상은 순환이 필요하면 여성이라서 민원실에만 있을 게 아니라 다른 업무도 배워야 활성화된다는 내 점수와 영어회화 점수가 월등했다고 했다.

그런 우여곡절 끝에 3달 교육을 마치자 우리 세 명, 포항시 권계장과 불러놓고는 내려가다가 도청 지방과에 들러서 교육 잘 받고 왔다고 꼭 인사 챙기라고 하셨다. 그런데 최 계장은 신랑하고 나중에 갈 테니 두 사람만 가라고 해서 교육 마친 짐만 들고 지방과에 가서 인사를 하면서 홀가분하게 내려놓고 왔다.

난 83.83을 받아 4등으로 상을 못 받았지만 날 위해 애써준 분들의 주문을 잊지 않게 되었고 나 자신이 자랑스러웠다.

나중에 안 사실은 못 오게 되었다던 박○숙 씨는 일 등으로 졸업해서 여성부에 들어간 것이었다. 그 분은 아직도 최고위직 공무원으로 우리 모두의 자랑으로 존경을 받고 있다.

그리고 내가 교육을 갈 때, 신 계장님이 분만실을 폐쇄하라고 하셨다. 분만할 사람이 있는데도 계장이 없으면 누가 책임지느냐고 역정을 내면서 마무리 잘해놓고 가라고 하셨다.

그리고 12월에 돌아와서 이듬해 난 모자 보건센터를 10년 사업을 마무리하는 책을 엮었다.

그 책을 만들어 군수님과 부군수님에게 주시고 오니 감사계에서 통계 자료로 필요하니 책 몇 권을 더 달라고 했다.

참으로 씁쓸했다. 워드를 쳐서 그냥 표시만 인쇄소에 가서 한 20권이 전부였다.

산모를 받을 때 실적이 전국에서 1~2위를 할 때가 많았다. 한 번은 서울대 박문홍 교수가 감사하러 왔었다. 어찌해서 이렇게 받을 수 있냐고 말해 보라는 것이었다.

그래서 택시 기사 하던 내 친구에게 부탁을 해서 산모가 타거든 무조건 모시고, 오면 미역도 주고 바로 집까지 모셔준다고 홍보 맨을 만들었다고 했다. 효과가 너무 좋아서 나중에 개인택시 받을 수 있게 내무부 장관상까지 줬던 얘기며, 울진 온정 평해까지도 그날로 바로 갈 수 있게 배려해준다는 소문이 나서 부모가 고향에 계시면 자녀들이 꼭 여기에 와서 분만하게 되고 라마즈 체조로 교육도 해서 호흡법에 집중해서 하다 보니 실적이 많아졌다고 했다.

교수님이 하신 평가는 이 모든 환경을 뛰어넘는 오직 리더의 열성이 결과물을 만들어 냈다고 하시면서 상을 꼭 추천하시겠다고 했는데 상은 기다려도 오지 않았다.

최 계장은 교육받은 이듬해에 1995년 1월 1일 자로 정관 시술로 그 이름 높은 포항의 최 아나운서 와이프 김 선생님을 이기고 과장으로 승진이 되었다.

그리고 65세까지 사무관을 하면서 여러 사람 가슴에 못질했다고 했다. 도 단위에서 매월 가족계획으로 계장님 회의가 있었다.

그 회의에 가면 포항시 북구보건소 김 계장님과 영천시 정 계장님이 나를 보며 껴안아 주면서 "그동안 수고 많았다. 너 고생이 그리 큰 줄도 모르고 너 선배 대접 안 한다기에 그런 줄 알았다면서 미안하다."라고 그랬다.

아, 그렇게 말 하고 다녔다니 자긴 내 가슴에 수없이 못질하며 그땐 꼭 적어놓고 담에는 안 당해야지 했다. 하지만 또 당하곤 하여서 정말 노트에 몇 날 몇 시에 나에게 이렇게 했다고 해놓고도 잊어버렸고 당하기를 수십 번 했던 생각이 들었다.

지자체가 내 인생에 어쩔 수 없이 준 영향력은
오늘 여기까지 오게 된 거였다

꽃 꽃 꽃

1994년 지방 자치제 선거를 위해 오신 김 군수님이 오시던 4월에 난 교육을 갔다 돌아와서 그해 12월에 최 계장이랑 자랑스럽게 인사를 하러 군수실에 갔다.

처음에 내 모든 시각을 무시하는 엑스레이 빛이 지나갔다. 그리고 앉자 "이 계장 내자 되신다면서요? 수고 많았습니다. 나가 보세요."
끝이었다.

나중에 안 일이지만 군수 비자금 500만 원을 삼킨 사람이라 보고된 후였던 것이니 악연이 시작되었건만, 난 스스로 자존감에 살아가다 보니 무서울 게 없었다.

그리고 보니 난 33살에 여자로도 남자들보다도 어린 나이에 계장이 되고 보니 이와 같은 일들이 일어났다고 볼 수는 없었다.

단지 그 시대에 일들을 난 고스란히 내가 겪은 것뿐이었다. 영덕군 사람으로 지방화 시대에 맞춤으로 오신 군수님은 선도자로 불러지길 원하셨다. 그래서 많은 사람들의 견문을 넓히려 애썼으며, 95년에 해외연수 소감집을 출간하게 되었다. 난 94년도 여성간부반 때 서독 카를수르에 시 의회 방문 소감을 발표하게 되었다.

해외연수 소감집

'94년도 여성 간부 양성 과정'교육 중 선진국의 사회 복지와 지방자치제 등의 견학을 위해 유럽 3국을 연수했다. 독일, 프랑스, 영국 시청을 방문하여 자치 행정과 사회 복지, 사회 보장 제도에 대한 토론의 기회를 가질 수 있었던 뜻깊은 일이었기에 여기 소개한다.

1. 공동체와 자치 행정이 잘된 나라 독일

가. 일반 현황

인구 7,988만 명, 면적 356,885㎢, 언어는 독일어, 화폐는 마르크를 사용하고, 온화한 대륙 기후의 독일은 신성로마제국에서 30년 전쟁으로 분열했다. 1939년, 히틀러에 의한 세계 2차대전이 발발하였고 1945년 항복 후에 독일연방공화국과 독일민주공화국으로 분단되었으나, 1990년 10월에 통일하여 독일이 탄생하였다.

주요 농산물로는 밀, 보리, 감자, 포도 등이고 주 평균 노동시간은 36시간이다. 교육 제도로는 국교 4년, 고등학교 9년이고 대학은 아비투어(예비고사)와 내신 성적으로 진학한다.

노후 보험에 가입된 노인들은 사회적 능력이 없어지면 양로원으로 가며 자식들은 부모 양육에 대한 책임이 없다. 자식들은 고등학교를 졸업하면 취업이나 어떤 형태로든 자립하게 된다.

나. 카를스루에 시 지방자치구와 공동체의 역할

전통적인 지방자치제를 원칙으로 하고 시장은 자치구의 의장이 된다. 지역 단체에서는 정보기관이나 미래 연구기관들이 많고 연구원들도 많이 확보되어 있다.

공동체는 정책 결정 및 계획, 조직의 인사 결정, 시장 통제 및 업무 결정, 자치 재정의 부담금 결정, 입법 행정 결정 및 관리 기능, 소방서 경찰서 운영 등 공공 분야를 담당한다. 임원은 54명으로 임기는 5년이고 명예직으로 직업은 자유 선택이다.

시 행정으로는 규정이나 통제에서 고객 만족 서비스로 전환하였고 급부 행정에서 발전 행정으로 전환됐다. 스포츠, 문화, 건강, 건축 산업 등을 발전시키고 쓰레기 공해 처리의 문제를 공공시설 설치로 해결하는 등의 노력을 보인다. 또한, 시립 도서관, 박물관, 학교 건물, 시설 등을 담당한다.

소수자 권리 향상에도 노력하여 평등사상의 실행을 담당하고 있으며 여성 기구를 81년도에 조직하여 여성의 사회 참여 및 여성 문제를 사회 전체로 공론화하고 있다. 여기서는 여성 문제에 대한 의견 반영 및 타협 방안의 기회를 제공한다.

전쟁 희생자의 부양 문제나 18~19세기 산업화에서 출발한 청소년 대상 사회 복지에 대한 투자는 자치구의 예산 중 22%가 할당되어 있을 정도다. 양로원은 4,000개나 되고, 어린이 보호소는 7,000개나 설치되어 있다. 유치원은 110~600마르크, 양로원은 70~140마르크를 내면 이용할 수 있다.

전체적인 재정 조달은 소득에 따라서 내고 소득이 없으면 시에서 복지비가 나온다. 여기에 교회나 어린이 노인 문제 클럽이 조직되어 있어 재정 조달을 같이 하고 있다.

카를스루에 시청에 게양된 태극기

다. 독일 방문을 마치고

독일 카를스루에 시청을 방문하였을 때, 시 구기와 태극기가 나란히 걸려있어 참으로 보기 좋았다.

그곳의 공동체 의원, 평등사상 실행 담당관, 구조 개발 향상 연구관, 청소년 사회 문제 연구관들은 2시간 넘도록 아주 진지하게 토론에 임해주었다. 또한, 시의 역사, 시 행정, 사회 복지, 청소년 분야 등에 전문가들을 둬서 연구하고 연구된 자료들은 책자에 담아 홍보했다.

그리고 누구에게나 시 행정을 홍보하고 예산의 활용 범위를 구체적으로 볼 수 있게 하여 시민들이 스스로 행정을 이해하고 참여할 수 있도록 하고 있었다. 기존 행정과 달리 기업과 시 행정이 공동으로 기업을 경영하여 다른 자치구에 소비하는 행정으로 시스템이 전환되기도 했다.

카를스루에 시청을 방문하고 느낀 것은 독일 행정이 여러 면에서 우리나라에 그대로 유입된 것 같다는 점이었다. 특히 모든 것이 선진화된 그곳에서도 여성에 대한 차별과 경직성을 그대로 엿볼 수 있었다. 그러나 공무원의 언어와 행동, 맨발에 슬리퍼를 신는 등 편안한 차림의 복장, 간단한 음료와 다과 제공은 겉치레나 부산한 손님맞이 준비와는 다른 자연스러움이 있었다.

카를스루에 시의 공동체 의원과 함께

2. 모자 복지가 잘된 나라 프랑스

가. 일반 현황

인구 5,616만 명. 면적 언어는 프랑스어, 화폐는 프랑을 사용하고 지중해성 및 해양성 기후인 프랑스는 5C 프랑크왕국 탄생. 1789년 시민혁명으로 1792년 공화정이 선포되었고, 1958년 제5공화국 수립으로(대통령제) 중심 국가이며, 1988년 사회당 단독소수정부를 구성(미테랑 대통령)하여 현재에 이르고 있다.

나. 초고속 전철을 판 퐁텐블로 시청

프랑스 하면 대개 파리를 생각한다. 그러나 프랑스에서 우리나라 사람을 존경하는 손님으로 극진히 맞이하는 곳은 아마도 퐁텐블로 시청이 아닌가 생각했다. 초고속 전철을 건설한 퐁텐블로 시청은 자부심으로 우리를 맞이했다.

시의 직원 수는 288명이었고, 내근하는 공무원의 수보다는 외근하여 관광객을 맞이하는 수가 더 많았고, 관광자원이 주 소득원이었다. 정식공무원은 거의 여성이고 남성은 시장, 부시장 등 명예직으로 개인 사업을 하고 있으며 수당을 받는 23명으로 구성된 임기 6년의 정당 비례대표제로 일하고 있었다.

특히, 사회복지분양에는 85명의 공무원 중 84명이 여성으로 구성되어 있고 복지형태는 양로원이 2개 있어 100명씩 수용하고 있다. 고령자, 장애인은 모든 의료혜택을 무료로 받고 있으며 가족들의 수입에 따라 사회복지비가 부담되고 장애인은 시에서 담당했다.

다. 모자 복지 현황

산모는 임신 5개월부터 월 15만 원의 산전관리비가 나오고, 산전 2달과 산후 2달의 유료휴가와 아기가 3살 될 때까지 시에서 양육비가 나온다. 자녀가 2명인 경우는 한 자녀의 3배에 가까운 실질적인 양육비가 나온다. 영유아 시설 사용은 교육청의 정규 프로그램 외에는 시 자치구에서 담당하고 있다.

시에서 공동 탁아소를 운영하고 있으며, 종일반은 3~12개월 이내의 영유아를 보육(보육사 1명에 어린이 5명)하고, 반나절 반은 주 3회 반나절만 봐주며, 외출 탁아 반은 부모가 외출 시 잠시 보아준다. 부모와 아기의 접촉 시간을 많이 주기 위해 엄마들에게 시간제 근무를 권하고 있다.

가정 탁아(보육사 1명에 어린이 2~3명)의 어린이는 의무적으로 하루 중 2~3시간을 공동 탁아 시설에 와서 시설과 교육 프로그램을

루브르 박물관 전경

활용해야 하므로 가정 탁아 보육사도 시의 직원이다.

탁아 시설 운영은 부모의 소득에 따른 부담과 시에서 부담하는 보육비로 운영되며, 가정 탁아도 마찬가지다.

학교 시간 외의 시간은 시에서 운영하는 프로그램과 복지 시설을 활용할 수 있다.

3. 사회보장제도가 잘된 영국

가. 일반 현황

인구 5,707만 명, 면적 244,111㎢, 화폐는 파운드를 사용하고 온대 해양성 기후인 영국은 4C까지 로마의 지배를 받았고, 106년 바이킹 국가에 의해 노르만 왕조를 수립하고, 1607년 아일랜드 공화국으로 구성되어, 1979년 이후 보수당정권이 연속 집권하였다.

나. 웨스트민스터의 교육제도

초등학교는 한 학급당 15명으로 책상 없이 토의 방식으로 공부하다가 10살이 되면 정식수업을 하고 미술실 등 수업에 맞는 방이 따로 준비되어 자연스럽게 사고력을 키워주는 수업을 하고 있었다.

다. 사회보장제도

만 18세가 될 때까지 생활보조금이 나오며 여자 60세, 남자 65세 이상 노인은 국가가 지급하는 연금을 받으며 버스 전철도 무료로 사용한다. 연 소득의 25~40%를 보험료로 내어 영국에 거주하는 모든 사람(외국인 포함)은 무료로 진료를 받을 수 있으며 극히 일부의 성형 수술비만 보험에서 제외된다.

구청마다 Health Department가 있어 정신지체아, 지체 장애아, 불편한 노인과 아이들을 위한 지출을 가장 많이 하고 있었다.

노인들은 단독생활과 노인 아파트에서 공동생활로 구분되며 공동생활 시 개인 방이 따로 있고, 총책임자 부부와 같이 살면서 24시간 서비스를 받을 수 있다.

＊ Home Helper 제도
· 1단계: 개인 집에서 모든 생활이 가능하도록 기구 및 홈 헬퍼를 보내 도와줌
· 2단계: 개인 집에서 모든 생활이 가능하도록 음식을 요리하고 가사 일을 직접 해줌
· 3단계: 공동 집에서 가정과 같은 환경을 마련 개인 생활을 마음대로 할 수 있도록 도와줌
· 4단계: 개인 집에서 홈 헬퍼가 가사와 간호까지 필요한 모든 것을 제공함

＊ Care Management 제도 운용

· 서비스의 품질과 향상을 위해 가족, 친족이 참석도록 하여 친화
감과 고독감 해소를 위한 대화 및 여행을 할 수 있도록 프로그램
화한다. 모든 경비를 제공하여 노인 장애인들의 모임이나 소풍 등
개인 생활을 할 수 있게 주 1~2회 봉사자와 차량을 지원한다. 이
런 제도는 지방법령에 명시되어 있다.

＊ 기타 노인 복지

· 노인들이 공동 집에 모여 뜨개질이나 조각 등으로 기금을 마련
어린이들을 도와준다.

· 학교 건널목 통행 안내 등의 자원봉사 활동도 한다.

· 노인들의 다양한 경력과 경험, 능력을 활용 직업을 알선해준다.

· 노인들에게 무료 강습으로 노인성 질환 예방 및 수영, 체조 등을
가르쳐 건강관리를 할 수 있도록 하고 자선단체나 사업체들과 연
계시켜 점심 해결 및 여행 파티를 주선토록 도와준다.

＊ 상담 제도

· 상담, 전화, 편지 등을 조사 연구 해결해주고,

· 비정상적이고 반복적인 민원상담은 간부급이나 의원이 직접 처리
해결해준다.

＊ 1회 민원 처리 제도

· 출생, 결혼, 사망 등의 업무를 한곳에서 볼 수 있게 하여 민원의
편의를 도모하고 있었다.

4. 해외 연수 소감

9박 10일의 일정 중 8일 정도의 시간으로 독일, 프랑스, 영국의 일
부만 접했으니 무엇을 얘기한다는 것은 무리이나, 인류의 역사와 문
화가 있고 선진화된 사회 복지와 지방자치를 보고 들을 기회가 주어
진 것은 참 다행인 일이었다. 사물을 보는 사고와 시야를 넓힐 수 있
었던 게 가장 큰 성과였고, 지방화 시대에 선진국의 사회복지제도와
행정의 흐름을 느꼈고 외국인을 대하는 극히 자연스러운 태도와 매
너는 우리가 많이 고쳐 나가야 할 부분이었던 것 같았다.

파리의 건축물은 건물과 건물 사이에 공간을 두지 않고 연결해 지
저분해질 수 있는 쓸모없는 공간을 없애 환경미화에 일조하였고, 건물
보수공사 시 외부는 원형 그대로 보존시키면서 내부수리만 하고 새로
운 건물 시공 때에도 주변 건축물의 시대와 같은 양식과 재료로 연결
해 도시 전체가 잘 보존된 문화재 같았다.

독일에서는 한적한 거리에서 아무도 다니지 않는 길에서도 신호등,
제한속도 등을 잘 지켰다. 법을 준수하는 국민성을 알 수 있었다.

파리는 좁은 옛날 도로는 그대로 유지되고 차들은 거의 소형으로 주차난의 문제를 해결하였고, 무인 유료주차 시설이 특이하였다.

영국에서는 시내 차선과 신호등이 적고 무질서한 것 같았으나 경직을 울리거나 접촉사고가 적고 한 사람의 보행자라도 있으면 정지하는 보행자 우선이 실천되고 있었다.

영국의 택시기사는 6번의 시험을 통과하여야 하며, 도로에서 안전운행과 보행자 우선 신호등을 중요시해서 동승했던 경관이 직접 면허를 발급한다고 했다.

파리의 방음벽의 모양, 재료, 색깔 등은 다양하였고 가로등의 색깔로도 지역이 구별되는 것 같았다. 도로 주변 환경 정화는 꽃이나 나무뿐 아니라 원형, 마름모 등의 다양한 모양의 색깔 시멘트로 장식하여 보행자 없는 곳에도 손길을 주고 있었다. 짜인 스케줄에 따라 각 나라에 대한 사전 준비 없이 돌아다녀서 사전 준비가 필요함을 느꼈다.

외국에서 한국인을 너무 많이 본다는 게 반갑기도 했지만, 저들이 뭔가 하나씩 잘못된 모습을 보여 주지는 않을까 하는 안타까움은 공무원인 탓일까? 그래도 학생 5~6명씩 역사를 둘러보고 스스로 목적지를 정해 여행하는 모습은 바람직해 보였다.

런던의 중심지에는 이튼, 옥스퍼드 대학교가 오랜 역사를 가진 큰건물로 자리 잡고 있었다. 마침 타워 교 100주년 행사도 보게 되었는데, 이른 새벽에는 배의 축포와 물줄기는 장관을 이루었고 낮에는 거리 음악회, 저녁에는 배 위에서의 불꽃놀이 행사가 온종일 예의를 갖춰 진행되었다.

우린 타워 항에 있는 선술집에서 신나게 떠들기도 하고 '서울의 찬가'를 부르기도 했지만, 선술집 가득 모인 사람들과 대화를 나누고 즐거움을 함께 나눌 수 있는 능력을 갖춘 사람은 없었다. 기회가 있으며 준비하고 갖춘 모습으로 그들과 거리낌 없이 대화를 나누고 떠들고 웃고 싶다.

가장 소중한 사람은 지금 만나는 사람이며 가장 중요한 일은 지금 하고 있는 일이라지 않은가? 평소에 바쁘지도 중요하지도 않은 일을 열심히 하는 것도 삶을 여유롭게 살아가는 지혜라 생각한다.

세계를 구경하는 게 아니라 세계인들과 거리감 없이 대화를 나누고 함께 일함에 즐거워할 수 있을 때면 더 이상 세계화란 말은 필요치 않을 것이다.

베르사유 궁전

95년도 7월, 『해외연수』라는 책을 영덕군에서 발간하면서 여성간부 교육 후에 둘러본 유럽의 자치행정에 대한 걸 발표했다.

그리고 발표할 때 단단히 맘먹었다.

내가 허투루 다녀온 게 아님을 알릴 기회였기 때문이었다.

근데 발표시간이 되어도 군수님은 오시지 않았다.

그래도 발표를 했다.

끝나자마자 군수님이 꼭 다 들으신 듯이 내 발표에 대해서 조언을 해주었다. 그때 내 생각은 군수님이 정말 나에 대해 저렇게 속속들이 알고 계시구나 하는 느낌이었다.

내 인생의 잣대로
흔들림 없이 살아가게 해주신 분들

❀ ❀ ❀

지방자치단체에서는 많은 점들이 달라지기 시작했다.

우선 승진은 실적과는 거리가 멀고 도청의 영향력도 필요 없었다.

술꾼을 대적할 수 있음을 어필해서, 어떤 사람은 술자리에서 많은 도움이 되어서였다.

진료계장을 오래 하다 보니 군수님들과의 친분은 자연스러운 일과처럼 되어 갔다.

그중에서 가장 오래도록 기억에 남는 백상현 군수님은 누구보다도 존경할 수 있었고, 또한 청렴하셨으며, 참으로 공무원상을 그대로 간직한 분이셨다.

하루 진료실로 오셨는데 양말이 발등에 붙어서 젖어 있었다. 그래서 양말을 벗으면 피부가 그대로 떨어질 것 같아서 양말을 잘라 보기로 했는데, 결국은 피부가 다 벗겨져 나간 체 붉은 살이 드러났다.

화상치료를 해드리고 나서 그다음 날도 오셨다. 궁금하던 차 치료를 다 하고 여쭈어 보니 참으로 놀라운 말씀을 해주셨다.

수요회라고 당시 기관장들이 매달 모여서 업무 연찬을 하고 서로를 알아가고 정보를 교환하던 시절, 영덕법원 지원장 부임 모임에 가셨단다. 차가 먼저 나와서 아무 생각 없이 마셨는데, 너무 뜨거워 입에 것을 컵에 아무도 모르게 뱉는다는 것이 양말 위에 뱉었다는 것이다. "그럼 양말을 바로 벗어야지요." 그러자 "바로 옆에 앉아 있었어." 그러시고 남의 얘기 하듯이 하셨다.

난 군수님의 그 맑은 영성을 아시기에 존경하는 맘으로 바라볼 수 있었고 가신 후에도 일 년에 두어 번 명절에 편지를 주고받게 되었다.

그리고 또 한 사람이 생각난다.

위○○ 검찰청장님. 우린 아침 6시 30분에 얇은 팬티 하나로 수영복을 입고 물에서 만났다. 처음에 마스터 반인 우리 반에 오셨는데 우리 회장이 은근슬쩍 밀리는 분위기 속에서 다들 궁금해도 여쭈어 볼 수 없었다.

나이도 우리 팀 남자들보다는 연배로 나보다 한 다섯 정도 어려 보였다. 매일 줄을 서서 자유형부터 시작하는데, 맨날 제일 앞에 서서 두어 바퀴 돌고는 멈추어 서서 출발 출발…. 한사람이 앞으로 올 때마다 그렇게 하고 있다가 숨이 안정되면 또 시작을 하곤 했다.

우리 팀의 회식 날 회를 먹으려 가는데 같이 오셨다. 그런데 계속해서 회는 안 드시고 찌개랑 반찬으로 드시다 밥을 달라고 해서 먹으셨다.

나중에 알고 보니 주로 채식 위주의 식사를 하셨다.

김밥을 주로 시켜서 사무실에서 식사를 하신다고 하셨다.

육식을 하니 사람들과의 관계 또한 육적인 인연의 관계로 이루어져서 일하는 데 많은 고민과 갈등을 생기셨단다. 그래서 그걸 피하다 보니 이렇게 되었다고 하셨다. 우린 그분을 존경하게 되었다. 가는 곳마다 모임을 만들어서 그분을 아직도 기억하게 해주신다.

송별회 때 한 자락의 시와 함께 건배 제의를 해주셨는데, 남쪽에서 핀 꽃이 북으로 올라가듯이 우리도 꽃처럼 경계선 없이 살고 싶다는 의미를 주신 말씀이었다. 가끔씩 이메일이나 인터넷 속에서 본다.

단정하신 모습과 함께 그 사람만이 가지고 있는 향기가 아직도 건재함을 보여준다. 사랑합니다.

또 한 사람 김○연 군수님은 강하고 사람을 스캔하는 걸로 유명해서 과장님들이 그 전날 저녁에 고스톱을 했다고 이실직고를 하게 했으며 거짓말을 할 수가 없다고 했다.

그런데 나를 냉대하시던 군수님이 어느 해 여성회원들과 태백 눈꽃 축제에 갔다 와서 축농증이 재발하게 되었다.

며칠간 보건소 진료실에 와서 치료를 받았는데 군민들과 일일이 인사도 문제고 기다리는 것도 문제가 되어서 다음날부터 9시 40분에 군수실로 와서 치료해주면 안 될까 하고 말하셨다. 그래서 그렇게 하마 하고 말한 후에 9시 40분에 준비를 해서 천천히 도착했다. 군수실에 비서 둘만 있고 조용했는데 빨리 들어가라고 눈으로 지시를 했다.

안녕하세요 하고 웃다 모든 신경이 멈췄다.
날 보는 순간 눈빛이 싸하니 시계로 옮겨갔다. 5분 전 10시였다. 15분이 경과했던 것이다. 죄송하다고 나도 모르게 말이 툭 튀어나왔다.
그렇게 모든 게 정확하고 제대로 해야 함을 느끼게 되면서 점

점 궁금해져서 그 이후에 여쭈어 보니 그렇게 얘기해주셨다.

실미도에 나오는 중대장처럼 군수님도 특수부대에 배치되어 강화도 무인도에서 일주일간을 견딘 얘기며, 100㎞ 행군 후에 본 것을 적어내라고 했는데 어느 순간 그 모든 게 스크린 자막처럼 떠올라서 다 적을 수 있었음도 말해주셨다.

물론, 그 군수님에 대한 많은 말들은 결국은 가해자도 피해자도 엎치락뒤치락 되어서 부부간에 모든 일들이 공개됨을 보게 되었다.

1997년
수요광장에 발표하다

❦ ❦ ❦

김 군수님은 새로운 시도를 많이 하셨다. 수요일 아침 군 직원들을 모아 놓고 발표를 하게 했다.

난 이 당시에 이미 노인체조와 교육에 온 힘을 쏟고 있었을 때였다.

노인 건강 관리와 노인 복지의 인식전환

지방 간호주사 김노미

서 언

21세기를 눈앞에 두고 있는 우리는 끊임없이 급변하는 환경 속에서 불 확실한 미래와 국제적인 경쟁력 속에 살아가고 있다. 이러한 환경 속에서 발생하는 가장 중요한 문제는

첫째가 인구 문제이며,

둘째가 자원 고갈 문제이고,

셋째는 환경 문제이며,

특히 노인 인구의 증가가 가장 심각한 문제로 제시되고 있다.

I. 노인 건강 관리의 목적

노년기에 신체적 기능 저하로 인한 일상생활의 불편과 생활 능력의 저하로 인한 무력감 해소 및 만성 노인성 질환의 예방과 치료에 도움을 주고 삶에 대한 의욕과 질을 높이고 자기 삶을 자신 있게 책임질 수 있는 생활을 영위하도록 도와주기 위함이다.

II. 노화의 원인

· 햇볕에 피부가 노출되어 체세포가 변이되어 노화가 온다.

· 계속 사용된 인체의 각 기관이 소모되어 노화가 온다.

· 연령이 증가하면서 신체의 노폐물이 누적되어 세포의 능률을 저하한다.

· 기타 여러 학설이 있으나 어떤 원인이라고 말하기는 힘들다.

가. 고혈압

40세 이상 인구의 20% 정도가 갖고 있으며 노인에게서는 그 비율이 높고 증상이 없기 때문에 무섭다.

ㅇ 발생원인

– 대부분 1차성 고혈압(본태성)으로 90%를 차지함

– 유전적 소인

– 소금 과다 섭취, 과도한 스트레스, 체중 과다, 알콜 섭취, 등이다.

▪ 증상

– 목덜미와 후두부가 뻣뻣하다. (아침에 일어났을 때)

– 머리가 무겁고 숨이 차고 가슴이 두근거린다.

– 별다른 증상이 없고 합병증이 왔을 때 비로소 알게 된다.

▪ 합병증

– 뇌출혈

– 심부전증

– 신부전증

– 뇌경색

– 협심증이나 심근경색증, 동맥경화증 등 합병증을 일으킴

▪ 예방과 치료법

– 소금의 섭취를 줄인다(1인당 하루 15∼20g의 소금섭취를 10g 이
하로 줄여 싱겁게 먹고 소금에 절인 음식물은 줄인다.)

– 식생활 습관을 채식 위주로 하여 체중을 조절한다.

- 스트레스를 피한다.
- 규칙적인 운동을 한다.
- 술, 담배는 고혈압을 악화시키므로 피한다.
- 생활요법만으로는 되지 않을 때 의사의 처방으로 혈압 강화제를 쓴다.

나. 동맥경화증

동맥벽이 굳어져서 탄력성이 감소하고 혈관 내면에 기름기가 끼고 이상 조직이 증식하여 내경이 좁아지는 현상을 말한다.

- ㅇ 발생원인: 노화현상이나 동맥벽에 손상과 변성을 일으키는 복합적인 위험요인으로 발생하게 되며
- 고혈압
- 고지혈증(콜레스테롤)
- 흡연
- 당뇨
- 비만
- 운동 부족이나 스트레스 등으로 온다.

- 증상: 육류나 껍질 어패류를 많이 섭취하면 혈관에 지방이 침착하여 혈류의 흐름에 저항이 생기고 혈류의 양이 적게 된다. 증상은 거의 없고 동맥 내강이 70% 정도 막혀 말초부위에 혈류가 감

소하여야 증상을 느끼게 된다.

- 합병증
- 관상동맥경화증: 심장파열, 심근경색 등으로 사망
- 뇌동맥경화증: 뇌경색, 치매, 중풍, 정신이상자, 뇌 허혈
- 신장동맥경화증: 만성신장염, 신우염으로 혈액투석을 하여야 함
- 말초혈관경화증: 간헐성 파행증이 나타남(수족냉증, 손발 저림)

- 예방과 치료
- 동물성 지방섭취를 제한하고 식물성 기름을 섭취한다.
- 표준체중을 유지한다.
- 규칙적인 운동 및 생활요법을 실행한다(콜레스테롤이 많이 포함
  된 음식 은 과량섭취하지 않는다)
- 혈중 콜레스테롤의 수치가 250mg/dl을 넘으면 의사의 처방을
  받아 식 이요법과 약물치료를 겸한다.
- 금연, 금주

다. 당뇨병

당뇨병 환자는 전체인구의 약 3% 정도로 추정되며 췌장에 이상이
생겨 혈당을 조절하는 인슐린이란 호르몬이 부족하거나 제 기능을
못 해서 당질 대사에 장애가 생겨 발생하는 질병입니다.

ㅇ 발생원인

－ 체내 인슐린 부족(음식물을 섭취하면 인슐린이 혈액 내의 당분을 세포 속으로 운반해 에너지원이 되는데, 인슐린의 분비가 부족하여 혈당이 상승하고 콩팥에서 걸러지는 과정에서 제대로 흡수되지 못하고 포도당이 소변으로 배출된다.)

▪ 3대 증상

－ 다음

－ 다식

－ 다뇨

－ 합병증

▪ 급성당뇨병인 경우

－ 망막합병증: 백내장 환자의 70%가 당뇨가 원인이 됨

－ 신경합병증

－ 콩팥합병증

▪ 만성합병증인 경우 전신에 이상이 온다.

이런 합병증은 미세혈관 합병증으로 혀로 간이 좁아져서 동맥경화증이 되고 동맥경화증의 합병증으로 오는 증상들이 나타난다.

- 당뇨병 관리의 목표
  - 표준체중 유지
  - 자각증상을 경감
  - 신체대사를 개선하고
  - 만성적 진행과 합병증 예방관리
  - 생산적인 생활을 영위하는 데 있다.

- 치료와 관리
  일상생활 속에서 혈당을 조절해야 하므로 치료보다는 관리라는
말을 쓴다.
  - 식사요법: 적게 먹는다.
  - 운동요법: 식후 30분 정도 땀이 나도록 한다(조깅, 계단 오르기)
  - 약물요법: 인슐린 주사 및 혈당강하제 복용
  - 정기적인 검사
  - 당뇨병 교실을 통한 교육

III. 노인의 특성
1. 비생산적
2. 비 매력적(단정치 못하다)
3. 반복적인 대화
4. 잦은 질병

Ⅳ. 노인의 4대 고통

1. 빈곤(정서적, 물리적)

2. 질병

3. 고독

4. 역할 상실

고독과 외로움이 오래가면 우울이 오게 되고 우울 상태에서 대화 단절로 가면 노인성 치매로 발전하게 되므로 노인들과 잦은 대화가 가장 좋은 방법이다.

Ⅴ. 노인들이 갖춰야 할 내용

1. 미래 지향적이어야 한다.

2. 일하는 노인으로 변모해야 한다.

3. 미소를 잃지 말아야 한다.

4. 성내거나 인색한 것은 건강에도 좋지 않다.

Ⅵ. 노인 건강 관리의 사업 내용

현재 노인들에게 제공되고 있는 건강 관리 사업 내용은

1. 노인 복지 차원에서 노인 건강 진단 서비스이며,

2. 보건소에서 실시하고 있는 건강진단, 진료, 투약 및 가정방문을 통한 간 호, 교육, 상담 등입니다.

Ⅶ. 노인의 신체적 특성

- 외형적으로는 세포 수가 줄어 키가 작아지고 내부적으로는 각 장기의 기 능도 저하된다.

- 80세에 이른 사람의 신경기능은 10~20%, 심장기능은 20~30% 호흡기 능은 40% 저하된다.

부위	특 성	작 용
골격 근육	•힘이 40% 정도 줄어든다. 근육섬유의 크기, 근육의 질량, 수축력 강도가 떨어져 40세 이후 비만이 시작됨	•신체의 환경적응력이 떨어짐 •골다공증─ 골밀도가 30~50% 줄고 관절 운동이 둔화됨
심장 폐	•심박출량이 감소, 폐활량이 감소, 혈관이 딱딱해지고 모세혈관탄력이 줄어듦	•말초혈관의 순환이 나빠지고 심장근육의 움직임이 감소하며 지방 혈관이 되어 잘 막힘.
신경	•전달속도감이 저하. 감각기능이 저하됨	•반사적용 전달이 늦어 화상, 동상 입기 쉬움/평형감각 나빠져 잘 넘어지고 골절상이 되기 쉬움

1. 부위별 특성과 적용

2. 노인과 만성질환

· 순환기계통 질환: 혈액공급 저하, 산소결핍, 협심증, 심근경색, 뇌졸중, 고혈압

· 호흡기계통 질환: 만성기관지염, 폐기종

· 내분비계통 질환: 당뇨병 당뇨합병증이 눈, 신장, 신경, 혈관계통

에 침범해 시력이 떨어지고 신우신장염, 고혈압을 동반하여 뇌졸
중이나 중풍을 일으킴

- 무릎, 척추관절의 연골마모로 통증을 유발
- 뼈의 칼슘 감소로 골다공증이 되어 복합골절이 되기 쉽다.

VIII. 노인의 성격과 심리적 특성

- 집착적 성질이 강하다.
- 무리하다고 생각하는 일은 하지 않는다.
- 자기능력의 한계에 대하여 두려움을 가진다.
- 적극적이고 깊고 섬세하게 생각하지 않는다.
- 과거의 일을 잊지 않고 회상을 하고 의뢰심이 강하다.
- 자존심이 강하고 남에게 우러러 보이기를 원한다.
- 오해를 잘하고 비관적이며 인색하다.
- 환경변화에 대한 적응력 저하, 개인 자주성의 상실로 인한 의뢰심
  증대
- 건강쇠퇴에 대한 경제활동의 제한
- 사회적 신분과 경제능력의 상실로 인한 열등감을 갖게 된다.

이와 같은 노인 성격과 심리적 특성은 노후를 안락하게 보내는 것
으로 집약될 수 있으며 경제적인 노후 생활에 대한 보장과 가정에서
나 사회에서나 연장자로서 지위유지, 가정과 이웃 등과의 정서적 접
촉, 적절한 여가생활의 추구 등으로 나타난다.

IX. 노인 복지의 인식 전환

· 지난날의 노인 문제의 해결은 경제적인 면과 의료적 문제가 해결
되면 자동으로 해결되는 것으로 생각해왔다.

그러나 현재 노인 문제의 근본적인 해결책은 경제적인 문제와 의료
적 서비스도 중요하지만, 그에 못지않게 사회 심리적인 문제가 병행되
어야 한다는 것이 공통된 견해이다.

X. 노인 복지의 방안

· 종래 노인 문제는 주로 윤리적 면에서 취급해왔으며 심리적 생리
적 과제로서 노인을 사회적 존재로 다루기 시작한 것은 최근의
일이다. 국민 소득 향상과 더불어 노인시설을 개발하고 발전시켜
왔으나, 시설보호 및 수용, 생계보호는 가정 외적 보호의 문제를
남겼다.

오늘날의 사회복지에 대한 인식은 시설보호로부터 지역주민이 함
께 참여하는 재가 보호로 바뀌어야 한다는 생각이 세계적인 추세다.

XI. 노인 건강 증진을 위한 운동 프로그램

1. 운동의 필요성

만성질환에 걸리면 → 움직임이 줄어듦 → 움직임이 적으면 → 근
육수축이 와서 기능이 저하 → 회복이 늦음 → 만성질환 악화

· 노인의 신체적 특성과 만성질환 관계를 볼 때 악순환의 연결을 끊어주는 한 방법으로 운동이 필요하다.

· 규칙적인 운동은 신체기능을 크게 향상할 수 있다.

· 뼈를 강화해 골다공증 예방 및 골절도 미연에 방지한다.

· 근육 단백질의 상실을 막고 근육의 강도를 높여준다.

· 과잉열량을 소모해 비만을 예방 숙면을 유지한다.

· 심장과 폐를 보강 혈압을 낮춰 고혈압 발생빈도를 낮아지게 하고 동맥벽의 유연성을 유지, 혈액순환을 좋게 해준다.

· 폐활량이 커져 폐포와 기관지를 확장, 폐 기능을 유지한다.

· 정신적 측면으로 보면 우울증 예방 및 존재가치와 자신감을 갖게 되어 활동적인 생활을 할 수 있다.

· 당뇨병 관리에는 식이요법, 물리치료와 운동은 필수적인 치료수 단이 된다.

2. 권장되는 적절한 운동

· 기지개, 팔, 다리, 가슴, 허리 등의 단단한 운동이 필요하다.

· 맨손체조, 산책, 가벼운 등산, 낚시, 농사짓기, 사회봉사활동 등도 운동에 속한다.

· 시작은 주 2회 정도로 1일 5~10분으로 시작하고, 주 단위로 5분 정도 늘여가며 주 3~4회가 적당하다.

· 전체운동 시간은 30분을 넘지 않도록 한다.

· 운동의 강도보다는 규칙적으로 계속하는 것이 좋다.

· 가장 좋은 운동은 자신에게 무리가 오지 않는 단순한 운동이나 가사 일을 꾸준히 계속하여 몸의 유연성을 높이고 생활환경의 저항을 길러주는 것이다.

이 당시에 난 열성적으로 교육에 매달렸다. 지금 생각해보면 아버지가 하신 교육이 내 생각 속에 흡인되어 있었음을 비로소 느낀다.

라이온스 총무로
살아간 날들

❀ ❀ ❀

　난 라이온스 총무로 선택해서 가입시킨 사모님의 뜻을 지금도
헤아리기에 역부족이다. 라이온스가 무엇을 하는지도 모른 채 군
청 그린 어머니회장인 친구 김이 와서 오늘 여성 라이온스 창단하
는 날인데 나를 영입하라고 하셨다면서 사인만 하라는 것이었다.

　회비가 20만 원인데 자기가 내놓을 테니 나올 수 있을 때만 나
오라고 하면서 바쁘게 갔다.

거의 일 년은 나가지 않아도 되는 줄 알고 잊어버리고 지냈는데, 그 이듬해 나를 위해 월례회 시간을 6시 30분으로 해놓았으니 나오라는 것이었다. 그래서 생각지도 못한 정치판에 자연히 발을 담그게 되었다.

그리고 그 이듬해 4월 총무로 지명해놓고는 선포를 하니 난 총무가 되었다.

그리고 2002년 4월 군수 선거가 있음을 비로소 알게 되었다. 그제서야 벌써 모든 게 정해져 있었던 것이다. 7월부터 회장단취임이 끝나고 나니 이때부터 라이온스 클럽에 대한 자부심이 주어졌다.

그리고 여름이 끝나고 8월 15일 폐장한 해수욕장 쓰레기 줍기 봉사를 하기로 했고, 나보고는 근무시간이니 안 나와도 된다고 해서 있었는데 점심시간 얼마 전에 전화가 왔다. 환경보호과에 가서 쓰레기 봉투 100L 짜리를 갖고 와 달라는 것이었다.

그래서 11시 40분경 군청 가서 봉투를 얻어 들고 장사해수욕장에 가니 점심시간인데도 임해식 남정면장까지 나와서 쓰레기 줍고 있었다.

그냥 돌아올 수가 없어서 점심시간만 도와주고 가야지 한 것이 1시 넘어서 들어와 보니 소장이 계장들 회의를 소집해놓고 내가 오기를 기다리고 있었다.

사무실에 가니 빨리 소장실 회의 들어가 보라고 해서 수첩을 꺼내 들고 들어가니 "김 계장! 도대체 뭐 하는 사람이요?" 혼쭐 내며 근무 시간에 무단 외출하면서 소장한테 말도 없이 엉덩이에 뿔 난 사람 마냥 뛰어다닌다고 했다.

알 수가 없었다. 아무리 경쟁시대라 해도 자기가 소장이 되었으면 되었지 내 위치와 비교도 안 되는데, 왜 나를 이렇게 함부로 하는지 이해되지 않았다.

설명을 하려고 입을 떼면 더욱 큰 소리로 내 입을 다물게 했다. 그렇게 호통만 치다 다들 나가라고 하길래 나왔다. 뭐라고 설명도 듣기를 거부하는데 원인이 뭘까?

이해가 되지 않아 많은 생각에 무겁게 퇴근을 했는데 아무리 이해하고 덮으려 해도 엉덩이에 뿔이 났다. 과연 이런 말까지 듣고 내가 견딜 수 있는지 시험대 위에 오려진 것 같다는 생각을 지울 수가 없었다.

요즘 시대에는 용납이 되지 않았지만, 그 당시에도 난 이런 말을 누구에겐가 듣고 참을 수가 없었다.

그래, 봉사 좀 한다고 잘 보인다고 치자. 그게 뭐 대수인가? 벌써 소장 자리에 앉아서 내 사정이라도 들어줘야 하지 않을까? 차석 뭐라고 한 걸까?

다음날 출근해서 이제쯤 사모님이 서울에 도착했으리란 생각에 전화를 걸었더니, "그래, 도착했다." 그러시기에 "저, 아무리 생각해봐도 공무원과 라이온스 총무는 함께할 수 없으니 사모님한테 누가 될 것 같아 다음 달 월례회의 때 다른 사람으로 교체해주세요." 하는데 나도 모르게 눈물이 쏟아지고 음성이 떨려 나왔다. 사모님은 "그래, 알았다."라고 하셨다.

그런데 퇴근 무렵에 군수 비서실에서 연락이 왔다.

"무슨 일이 있었느냐?"
"오늘 아침에 서울 간다지 않았느냐?"
"네, 그랬어요. 서울에 계시길래 통화도 했던걸요."
"무슨 통화?"
"다음 달에 총무 교체해달라고요."
"왜?"
"봉사 활동이란 게 공무 시간 외에만 있는 게 아니었어요."

"그랬구나!"

그 이튿날부터 나의 감시는 시작되었다. 우체국이나 농협에 가려고 차를 몰고 보건소 모퉁이 돌렸다 하면 전화가 왔다. 계장님 회의라고…

누가 말하지 않아도 알게 되었다.

그 이후에 석회가 가끔 있게 되어 올라가다 보면 2층에서 일층 내려오는 모퉁이에서 우리 계 차석을 만나게 되었다.

그해 연말에 차석이 지소에 발령이 나자 나한테 와서 울면서 억울해했다.

뭘 말하려고 저러나 싶었다. 한때 사랑받는다는 생각에 제 말이 먹힌다는 생각을 좇아가던 사람들!

그 이후에 청도에서 오신 보건소장이 저녁마다 직원들 위로해 주느라 집으로 전화했다고 한다.

한 번도 내겐 전화가 없었다. 나중에 보니 보건직한테만 전화하신다셨다.

그렇게 세월이 가고 사람 앉은 자리가 바뀌어도 내 귀엔 아무 소리 안 들려도 나는 말의 향방이 보이고 들린다.

지금도… 옛말이 그대로 실감이 난다. "발 없는 말이 천 리를 간다."

교회는
나의 안식처

✿ ✿ ✿

한번은 교회목사님이 주일 예배 날 하신 말씀 중에서 나랑 똑같은 경우의 예가 있어 소개하고자 한다.

뽀빠이 이상용이 104세 되신 분과 인터뷰에서 한 이야기, 다들 아시리라. 지금 나의 입장이 그러하다. 나도 언제나 보건소의 주인이 나라고 생각하고 있었는데 이 시대를 사니 분명히 오래이긴 하구나.

우리는 보건소 1세대로 들어와 선배라고 한 분 달랑 구박만 받고 살았는데, 친구 한 명은 오자마자 교회 목사님과 장로였던 내 무계장이 7급 달아주니 미안해서 결혼과 동시에 그만두게 되고, 한 친구는 월급을 타서 방안 서랍에 넣고 세수하고 왔는데 그날 친구들이 왔다 가고 들어와서 보니 월급봉투가 없어졌다고 했다.

너무나 억울한 일을 당해 가슴 아파하던 차에 포항으로 시집을 가고 그만두었다. 그 친구들은 내 어릴 때 친구들이라서 가끔씩 전해오는 소식이 그립기도 하다.

난 오직 혼자 남았다.

늘 발목을 잡고 술로써 사람들을 사로잡아서 올라가던 이도, 그 오랜 세월 가슴에 묻어두고 늘 날 자질하고 있었던 사람도, 사람만 보면 연배라고 그저 앙앙대며 물고 말 한마디마다 앙앙대던 사람도, 다 떠나고 혼자서 오늘도 내 몫의 일을 하면서 즐겁다.

오직 함께 하시는 한 분. 그분이 내 중심에 있음이 나를 흔들리지 않게 붙잡아 주신다. 나답게 키워주신 육신의 아버지도 감사하다. 우리 팔 남매 모두 걱정 없이 바로 살아가도록 하셨으며, 지금 당장은 이 세상에서 안 어울려 살아감이 힘들지만, 그 가치를 알고 계시는 오직 한 분이 내 안에 계시어 고맙고 감사하다.

공직이
천 직?

❀ ❀ ❀

사람들은 알고 있으리라.

남의 돈을 탐내던 사람들은 어떻게 되었는가를….

공직 생활 30~40년 하는 동안 우리는 모르지만, 내가 한 일은 2년마다, 10년마다 내 앞에 펼쳐져서 남의 눈앞에서 평가됨을 알아야 한다.

어리석음은 그 얼마에 인생의 전부를 팔아버릴 수도 있고

내 퇴직금과 내 인격을 송두리째 맞바꿀 수도 있음을….

난 후회함이 없다.

내가 지킨 가정사도, 내가 만들어 왔던 내 공직자의 길도 그렇다. 내가 갔었던 길이 가족계획의 역사가 되고, 우리 군민의 생활에 밑거름되었고, 내가 받았던 이름도 모르고 얼굴도 모르지만, 그들이 지금 이 사회 어디선가 그들의 얼굴로 살아가기 때문이다.

포항에서 출퇴근할 때, 퇴근길에 엘리베이터를 타려는데 부부가 아기를 안고 있었다.

그래서 아기를 보고 웃으니까 아기 아빠가 나보고 언제 이곳으로 이사를 오셨느냐고 했다 난 대답보다도 모르는 사람이라 궁금해서 "절 아세요?" 했다.

그 아빠가 하는 말이 참 묘하다 싶었다.

자기가 영덕종고 다닐 때 아침 창가로 내다보고 있는데 또박또박 걸어가는 직장여성을 보게 되어 그다음부터는 으레 아침마다 그 창가로 가서 기다렸단다. 매일 바쁘게 지나가는 모습이 정말 열심히 사시는구나 싶어 그 덕분에 자기도 성공해야겠다고 생각이 들어 오늘날 포항에서 직장 잡고 잘살게 되었다고 했다.

우린 그 순간 동시에 감사합니다!

서로에게 그 인사 나눔이 내겐 최고의 선물이 되었다.

또 어느 날, 영덕초등학교장의 사모님이 '수'라는 아들을 데리고 왔다. 예전에 내가 밤새워 받았던 아이가 군에 가게 되었다면서, 그래서 그 고마움을 전하기에 나도 모르게 가슴 뭉클함을 느꼈다.

또 한 사람, 아들을 원해서 그렇게도 효험 있다던 곳을 찾아다니다가 아들을 임신했는데 보건소에 와서 낳았다. 그리고 난 잊어버리고 있었다.

그런데 2015년 신규직원이 들어와서 출산업무를 보는데 아이의 나이와 생일을 고치고 싶어서 의뢰가 들어와서 찾다가 계장님 혹시 분만하셨느냐고 묻길래 "그래, 왜?"라고 되물었다.

88년도, 어느 계장님의 아들을 분만했다는 기록이 있는데 맞느냐는 것이다. 그러고 나니 나는 그의 귀한 아들을 받아주었던 것이다.

지금 나의 어리석음이 지혜보다는 낫다고 할 수 없으나, 이 모습으로 살아갈 수 있었음에 난 감사할 뿐이다.

2015년도 7월 건강증진실에 근무할 사람을 뽑는 날, 면접에 두 명이 들어왔다. 한 명은 3개의 자격증이 있었고 한 명은 한 개의 자격증만 있었다.

면접 접수만으로도 판결이 났다. 한 사람은 롯데면세점에서 3년을 군 제대 후에 근무한 사람이었고, 한 사람은 제대 후에 덤프트럭 기술자로 운전만 하다 고향에서 근무를 하고 싶어 지원했던 사람이었다. 그래서 한 명에게 우리 직원이 나중에 미안하다고 전한 후 마무리를 했다.

그렇게 근무를 하는 이 친구는 똘똘하니 참으로 예쁘고 맘에 들었다.

이번 연말이 오자 같은 동료인 아버지가 전화했다.

"계장님, 우리 ○학이가 누군 줄 아십니까?"

난 당신 아들 아니냐고 했다.

그러자 "계장님, 계장님 손으로 받았고 계장님이 우리 0학이 뽑아준 거 아십니까?"라고 했다.

아! 그랬구나!

아들 잘 키워줘서 고맙다고 말하고 나니 나도 모르게 눈물이 흘렀다.

아침마다
미친 듯이 달린 내 자동차

❅ ❅ ❅

포항여고 대흥중에 다니던 딸 둘을 키우느라 새벽 5시 15분에 일어나 도시락 4개를 싸서 학교에 보내고, 8시 30분까지 날아다니던 내 차 번호를 아직도 기억하는 이 많다.

무인카메라가 아닌 총 카메라가 숨어서 기다리던 시절에 스피드 티켓으로 날아간 돈이 많아도, 소장 말이 법이었고 약속을 한 우리들은 8시 30분까지 출근을 해야 했다.

노인들이 바깥에서 떨고 계실 것을 생각하면 그저 달리는 수밖에 없었다.

난 5층, 동생은 6층에 살았는데 태워 다니지도 못한 채 그렇게 달려왔다.

그때 우리 직원 한 사람이 늘 불평을 했다. 자기는 신호 다 지켜서 와도 자꾸 걸리는데, 계장님은 청하 사거리에서 한 번도 기다린 적 없이 동쪽으로 넘쳐서 다녀도 괜찮다고. 하지만 신호등 기다리는 데 끝까지 기다릴 시간이 없었다. 언제나 도착 시각에 맞추어 달려왔던 것이 생각해보니 오늘까지이다.

어느 날, 아침도 여느 때와 같이 달리고 있었다. 장사를 지나서 길게 뻗은 달리기 좋은 길에서 갑자기 내 앞을 가로막는 차가 나타났다.

난 짜증스러워하면서 내 차를 앞지르고 천천히 가면 난 또 추월해서 달리고…. 그러면 흰 차는 어느새 와서 앞지르기에 속도를 늦추곤 했다. 그렇게 하기를 여러 번. 경찰서 앞까지 와서는 흰 차가 왼쪽 경찰서로 들어가는 차선에 멈추고는 반대편 차들이 지나가길 기다렸다.

아차! 발이 떼어지지 않았다.
겨우 도착했는데 무슨 일이 일어날 것 같은 불안함과 동시에 그 흰 차도 달려놓고는 하는 맘이 복잡했다. 그때 진료실 대기실 문을 열고 말짱하게 생긴 신 낯선 분이 들어왔다. '아! 올 것이 왔구나!' 싶었다.
그런데 왜 웃게 되었는지 모르겠다.

"아! 아침에 흰 차!"

그러자 "나 아세요?"하는 것이다.

"모르지만 경찰서로 들어가셨으니 경찰이시겠지요!"

"아니, 그렇게 막아도 달리면 어떻게 하겠다는 거예요?"

"보시다시피 선생님은 9시에 나오시지만, 환자분들은 달산에서 첫차로 와서 오후에 올라가는 차를 타야 하니 이렇게 오시거든요. 어떻게든 계장이 먼저 와서 그들을 눈을 맞추어주고 있어야 민원이 없어지니 할 수가 없어서요."

그 다음 날부터 그 흰 차는 내 에스코트가 되어서 달리다가 마주치면 그때부터는 뒤에서 천천히 왔었다.

이때 내 차 번호는 오래도록 군청 공무원들의 이야깃거리가 되곤 했었다. 경주에서 창수 인량까지 출퇴근하던 여선생님도 두 번째로 유명했다.

노인 체조를
시작하다

✿ ✿ ✿

그 옛날 1994년 분만을 하지 않고 95년 진료계장으로 근무할 때, 그때는 보건소장이 진료를 했던 때였다.

월요일은 주간업무 보고가 있어 소장님이 언제 내려오실지 모르는 상황에서 마주 보고 계시는 어르신 분들의 눈총이 따가워서 생각해낸 것이 어르신들의 운동이었다.

대기실 바닥에 분만실에 썼던 전기장판을 깔아 놓고는 외발로 서서 균형 잡기 등 어르신들이 꼭 필요한 운동을 시작했다.

어르신들은 호응이 없었다 "네가 지금 뭘 하는지 보겠노라!" 하고 꼼짝 않고 보고만 있었다. 그래도 웃으면서 하였다. 다음 주도, 그다음 주도, 그렇게 한 달이 되자 결국은 다들 일어나서 따라 하기로 해주었다.

대구산업정보대
야간대학을 가다

❀ ❀ ❀

1997년~98년 대구보건간고를 나온 영주 류 계장에게서 전화가 왔다. 자기 학교가 대구산업정보대학으로 전문대가 되었단다. 그래서 우리 학생들을 모아주면 야간을 해서 대학에 편입할 길을 열어주기로 했으니 나보고 5명만 모아서 오며 할 수가 있다고 했다.

그래서 포항 성모병원에 간호감독을 하는 내 친구에게 연락했더니 자기만 올 수 없는 입장이란다. 수녀님들도 간고 출신이 3명이나 되고, 또 한 사람이 김천간고 감독이 같이 가야 보내준다고 간호과에서 말을 했다고 했다.

그러다 보니 학생이 넘쳐서 결국은 갈라서서 안동 쪽과 경주에서 야간반이 생겼다. 폐교한 건천초등학교 자리에 야간 관광경영학과를 다닐 때도, 2003년~2004년 방통대를 할 때도 우리 아이들은 신기한지 "엄마도 우리랑 같이 중간고사도 치고 기말고사도 친다."라면서 열심히 해주었다.

두 딸들이 서울에 있는
대학으로 가다

✿ ✿ ✿

2001년 서울 고대 경영에 입학한 첫딸이 서울 바닥에 세 얻어 살 걸 생각만 해도 내가 무서워서 지하철을 두 번이나 갈아타야 하는 영덕군 학사관에 넣었다.

2003년, 둘째 딸이 중앙대 문창과에 부전공 영어로 갔다.

그래서 고대 후문 옆 종암동에 투룸을 얻어서 기숙사에 있던 둘째랑 주말이면 합류해서 살던 때가 있었고, 둘째가 독립해서 흑석동에 원룸을 얻고 첫째도 종암동에 원룸을 얻었다. 그때 택배가 올라가면 플라스틱 통 등 그릇 회수가 문제였다.

둘째는 학교에서 부전공이 전공이 되어서 학교 헤럴드 총무이사로 월급을 받고 생활하느라 방학 때는 고시원에 방을 구해놔도 얼굴을 못 보고 충무로에 가서 편집한 것을 넘기고 교정 보고 매월 전쟁이었다.

둘째는 학교 총무이사고
나는 보조가 되었다

꽃 꽃 꽃

서울대, 고대, 연대, 이화여대, 중앙대 5개교에서 매달 발행되는 헤럴드 월간지. 매월 첫 주말엔 인사동에 가서 서울시 문화계획서를 받아 갖다 줘야 했고, 어느 땐 성남동 삼성 갤러리에 가면 몇 시에 화가 설명회를 하니 적어오라고 했다. 이런 잔심부름은 모두 내 몫이 되고 있었다.

헤럴드 임원들

헤럴드 책 표지

　그리고 후일 2005년 둘째가 유학 겸 이민 겸 어학 연수계획을 들여 밀었다. 첫째가 회계사 시험 준비하느라 내 맘까지 바빠 다 들어 보기 전에 알아서 하라 했다.

　그러니 둘째는 큰애의 액세서리가 되었던 때가 많았다. 지금 생각해보면, 유치원도 큰애 따라 보내느라 3년을 다녔다.

　아무튼, 그날로부터 나에겐 전쟁이 시작되었다. 금요일에 일 마치고 나면 자동차에 준비한 음식을 가득 담고는 전력을 다해 달려야만 했다. 그 아이들이 오는 12시 전에 들어가서 냉동 냉장 옮겨 넣고는 청소랑 빨래를 해서 오자마자 씻고 자면 6시 전에 일어나 씻고 밥 먹고 나가는 게 일과가 되었다.

　둘째는 졸업을 6개월 남겨놓고 휴학 후 토플 230점을 위해 강남 학원가로, 첫째는 고시반만 들어가는 고대 도서관 사시 준비반 도서실에 시험을 쳐서 3등으로 들어갔다. 난 주말을 그렇게 살다 보니 어느 날 내 열 손가락의 지문이 없어져 버렸다.

그리고 둘째는
강남 학원가에 레전드가 되었다

※ ※ ※

"엄마 토플 시험 접수해줘." 말 한마디에 난 인터넷으로 모르는 영어를 읽어가며 접수했는데, 미국 본토에 접수가 되는 것이었다.

일주일 시험을 두고 취소하고 다음 달로 신청해달라고 했다.
속으로는 한번 쳐보면 낫지 않을까 했지만, 말도 못하고 접수비가 반이 날아가는 것이었다.

그렇게 둘째는 학원 다닌 지 두 달 만에 본 시험에서 230점 꼭 필요한 토플 점수를 받아내는 레전드가 되었다.

시험을 두 달 만에 보고는 230점이 안 나올까 걱정되어서 학원에 매달려서 다음 달 시험 준비를 하는데, 둘째 반에 고등학교 신입생 5명이 와서 "이 반에 윤주 누나가 누구세요?"라고 물어왔단다.

"그래, 난데 왜?"

"공부를 어떻게 하면 두 달 만에 230점을 받지요?"라고 했다면서….

어떻게 230점, 필요한 점수에 한 점 더도 덜도 아니게 받을 수 있느냐고….

"이 누나는 자기가 레전드가 된 줄도 모르잖아?"라면서 고등학교 남학생들이 그날부터 누나 자리를 잡아주고 같이 밥 먹고 그랬단다.

둘째는 학교에서 한 학기를 마치고 자기를 업그레이드해서, 자리 잡아 주고 밥 먹는 친구랑 나가서 즐기는 친구를 따로 두었던 것이다.

우리 둘째는 미국 어학연수를 떠나면서 학과 1등으로 168만 원의 장학금을 받고 비행기 표를 샀다.

한 달 만에 미네소타 주립대학교 약학과 학생이 되다.

둘째는 이틀 밤은 새우고 하룻밤은 자고 하면서 미네소타주 주립대에 어학연수 한 달 만에 입학 허가시험에 통과하였고 약학과에 들어갔다.

거기나 여기나 약학과는 97점 이상이어야 한단다. 기숙사도 우리나라 애들이 전혀 없는 국제 기숙사에서 생활을 하다 보니 메

일이 영어로 올 때가 많았다.

날 위해 죽으시고 다시 사신 분이 함께함에 어디를 가든 두려움이 없다.

난 미친 듯이 달려가는 운전에도 우리 아이들 맘 아프지 않도록 내 운전대를 저 태양에 묶어서 이끌어 주시던 분이 그분이었음을 고백한다.

하루는 안동 천전리 강변에 차들이 느림보로 가고 있어 답답해서 화가 나기 시작했었다.
그때 석양이 산에 가렸다 보였다 하는데, 태양에서 황금빛 줄이 내 차의 양옆에 끈을 달고는 출렁이기 시작했다.
너무나 놀라웠다. 아, 나와 함께 하시는 그분이 날 이끌어 주었구나.
폰으로 찍었는데 나중에 보니 한쪽만 나와 있었다.

또 그날은 황무경 목사님 사모님께서 운전하며 오고 갈 때 들으라고 주신 CD를 틀고 제목도 모른 채 들리는 대로 따라 부르고 갔던 날이다. 서안동 톨게이트를 지나 얼마쯤 갔을까?
말간 하늘에 갑자기 시꺼먼 구름이 내 머리 위로 오른편 산에

서 몰려오는가 싶더니 고동색 작은 가방 같은 게 앞서서 왔다. 나도 모르게 폰으로 사진을 찍는 순간, 그 궤는 어느새 서쪽 하늘로 날아가더니 휘황찬란한 돌계단과 황금보좌를 보여주었다. 마침 갓길이 있어 차를 세우고 찍었는데 잘 안 보이고 황금빛만 찬란했다.

이제는 걱정 없이 찬송하면서 가고 온다.

셋째 외손주가 태어난 지도 백일이 지났다. 점심 먹고 내려오던 서울 길을 일요일 저녁 6시~8시에 떠나온다. 황장제 굽이랑 용추 바위 귀신이랑, 밤 12시 가까워서 내려올 때면 간혹 그 옛적 신문에서까지 났던 기사들이 생각나곤 해서 무서웠다. 하지만 그 길에서도 한밤중에 귀신 달아날 정도로 큰 소리로 부르는 찬송이 나를 지켜 줌을 믿는다.

믿음이 없던 날은 운전할 때마다 암시를 걸었던 기억이 새롭다.

누구에게인지 모르지만 난 절대로 다치면 안 됩니다. 애들이 서울에서 공부하는데 내가 다치면 애들이 고아가 되고 공부도 못하게 되니 나는 절대로 다치면 안 된다고 암시를 했다. 이제 나는 정말로 내 안에서 날 위해 죽으시고 다시 사신 그분에게 기도할 수 있어 너무 좋다.

가족

경상북도에서
처음으로 진료계를 만들다

❧ ❧ ❧

1995년도 김우연 군수님이 민원 발생이 많으니 보건소에 가장 오래 있었던 내게 조직 진단을 하여 보고하라고 했다. 그제야 군수님이 날 보고 계심을 알았다.

난 가족보건 계장과 모자 보건 계장으로 일할 때마다 아래층에만 내려오면 뭔가 불편함을 느꼈다. 그러니 소속 계장이 아니면 어떻게 친하게 표현도 못 하고 직원들도 갈라져 있었다.

나의 평소 생각에 민원을 내 가족처럼 대할 수 있고 서로의 일에 대한 경계를 풀어 담당을 가리고 잘잘못 가리다가 신경까지 곤두서 일에 차질이 생기지 않았으면 했다. 그래서 주민들이 원 스톱으로 일을 보고 갈 수 있도록 진료계를 한 덩어리로 묶었다. 계장도 아침부터 그 현장 속에서 함께 일하며 민원이 해결되리란 생각에 만들었는데, 지금 생각해도 그 튼튼함이란 게 흔들림이 없이 지탱되고 있으며 민원 발생이 거의 없다.

그 전에 임상병리실은 예방의약계, 진료실 엑스레이는 보건행정계로 다 나뉘어 있었다. 그렇다 보니 직원들 간에도 경계선이 있고 잘못된 부분을 서로 미루다 보니 계장들이 다투기 일쑤였다.

그리고 민원이 발생하는 순간에 대처할 인력들은 2층에서 결재 준비나 보고서 만드는 일에 집중하던 시간이었다.

그래서 원스톱 민원을 하려면 1층 업무를 합쳐서 하나의 계로 만들고 계장이 같이 근무를 해야 했다.

그렇게 만들고 나니, 그 일을 할 사람이 네가 적임자라고 하시면서 한 2년만 맡아서 업무 궤도 위에 올려놓고 다른 일을 하라고 했다.

그 후에 경북에는 진료계가 많이 만들어졌다.

경북에서 여성으로
예방의약 계장에 도전하다

❈ ❈ ❈

2002년 10월 5일, 나는 사무관에 도전했으나 결국 시도는 무산되고 말았다. 그래서 대신 남자들의 소유처럼 생각되던 예방의약계장 자리에 도전했다.

그렇게 살다 보니 10년 넘게 소장들이 바뀔 때마다 나는 예방의약 계장으로 발령이 났다.

그래서 응급실 문제가 이슈가 되었을 때도, 산부인과가 없을 때도 난 여론의 중심에 서야 했고 사스 때도, 독감 접종 때도 역시나 마찬가지였다.

공보의 배정 지침이 개정된 후에 영덕 아산병원이 결국 요양 병원으로 전환되는 때였다.

'KBS 포항 아침의 광장 – 시사포커스'에서 내 인터뷰가 잡혔다고 김은주 작가님의 연락을 받았다.

2010년 3월 7일 목요일 오전 8시 40~45분. 전화로 인터뷰가 생방송 되는 것이었다.

"영덕 아산병원이 요양병원으로 전환되는 것을 두고 논란이 되고 있습니다. 응급실이 폐쇄될 가능성이 높은데요, 주민들의 항의가 큽니다. 오늘 시사포커스에서는 영덕군보건소 김 노미 예방의약 담당님과 연결해 이야기를 나눠 보겠습니다."

5분간의 긴 인터뷰는 내 답으로 마무리되었다.

"우리 도와 군이 협력해서 보건복지부에 공중보건의사의 지속적인 배치를 요청하고 있는데 군수님도 특별 서한을 보내 요청하였습니다. 또한, 군 의회와 협의하여 2011년부터 군비 지원을 지속 확대해가고 있습니다.

난 2013년에 그 공로로 영덕군 의장 표창패를 받게 되었다.

영덕군의회 의정 유공자에 표창 수여

영덕군의회(의장 이원룡)는 24일 오전 10시 군의회 특별위원회 회의실에서 의정 유공자에 대한 표창을 수여했다.

이날 표창 수여식에서는 영덕군 의정발전과 영덕 아산병원 응급의료체계 구축에 기여한 공로로 영덕군 보건소 김노미(사진 가운데) 담당에게 군의장 표창패를 수여했고, 밝고 건전한 사회 조성에 앞장선 군민으로 영덕버스 주식회사 오인수 씨에게 감사패를 수여했다.

이원룡 군의회 의장은 "의회가 주민의 대표기관으로서 거듭날 수 있도록 협조해 준 의정 유공자에게 감사를 드린다"며 "군민의 의견을 소중히 알고, 한층 성숙된 모습으로 군민의 권익과 복리증진을 위해 최선을 다할 것"이라고 말했다. 영덕·김대호기자 dhkim@msnet.co.kr

1994년에는 전국 분만 실적이 1~2위였는데 약 230건 정도가 다른 곳보다 많았다. 울진 후포와 평해 온정까지 모자보건센터에 와서 분만할 정도였다. 그런데 분만실이 폐쇄되고 여성간부 교육 3달을 마치고 온 지 얼마 되지 않아서 '포항 MBC- 그것이 알고 싶다'에서 연락이 왔다. 모든 걸 속 시원하게 해결해주는, 당시에 가장 인기 있는 프로그램 중 하나였다.

어느 날, 그 사람들이 출근 후에 찾아와서는 내게 간단히 촬영 인터뷰만 하자고 했다. 한 시간가량 사무실에 앉아서 질문과 답변을 나누었다.

며칠 후 촬영분이 방영되었는데 제목이 '영덕에는 산부인과가 없다'였다. 내 모습은 3번 정도로 필요한 답변이 요구될 때만 나왔다.

그것을 본 영덕 군민 중에서 옛날처럼 분만이 이루어지길 바라는 쪽과 내용을 어느 정도 아시는 분들은 나의 답변이 아주 과장되지 않은 채 분명히 문제를 밝혔다고 칭찬해주셨다.

이것 외에도 예방의약 담당으로 산 10년 동안 방송 인터뷰는 종종 했었다. 2009년은 사스가 침범하자 독감 예방 접종 약의 부족 현상으로 그야말로 아수라장이 되었다. 그때는 모든 매체가 약의 공급에 집중해 있을 때였다. 그러나 우리 군은 전년도와 별

차이 없이 62%는 확보해놓은 상태였다.

그걸 알고 포항 mbc 방송국 아나운서가 영덕군보건소 예방접종실 앞에서 인터뷰 및 현장 뉴스를 보도했다.

그해, 난 새벽 6시 30분 영해보건소 마당에서 접종을 위해 오신 분들을 줄 세우느라 실랑이하랴, 방송국과 기자들 전화받으랴 북새통인데 어느 순간 몸이 떨려왔다. 사스에 걸렸구나 하고 직감했다. 몸이 떨리자 목소리까지 떨렸다.

총무과장이 얼마 후에 전화로 나보고 현장에서 빠지라고 했다. 나한테만 모든 욕이 돌아가니 당분간 피해 있으라는 것이었다. 난 전화기를 던져버리고 싶었지만 그냥 끊어 버렸다.

영화에서만 보던 조직처럼 검은 양복을 입고 군청 행정계 젊은 동료들이 나왔다. 그리고 내게 자신들이 할 테니 들어가서 쉬라고 말했다.

그 이후에 오른쪽 엄지손가락이 펴지지 않아서 수술을 했다. 게다가 폐에는 하얀 가루가 뿌려져 있어서 대구 진단방사선과 지성우 선생님께 가니 폐 CT를 찍어주시며 타미플루를 2주간 복용하라 하셨다. 객담 유전자 검사는 선린병원에서 하게 되었다.

난 그때 받은 수술로 오른손으로는 볼펜 글씨를 잘 못 쓴다. 그게 산업재해라고 아무도 말하지 않아서 난 전혀 모르고 지냈다. 그런데 올해 듣기 시작한 사회복지학과에서 시험 볼 때 글자 쓰는 데 문제가 있어 교수님들께 양해를 부탁했더니 그게 산업재해인데 신청은 하셨느냐 묻는 것이었다.

한번은 식중독으로 유명해진 사건을 우리 도청이 노력해 전국 6연패의 위력으로 해결하여 도 단위에서 일본 해외연수를 가게 되었다. 그야말로 열심히 일한 공무원은 쉴 자유가 있다는 뜻 같았다.

나는 우리 도의 동갑인 4급 공무원을 언제부터인가 뻐꾸기로 불렀다. 우린 긴 세월을 같은 분야에 일하면서 서로를 함께 존경했는데, 어쩌다 짝이 없어 혼자 자게 되었다.

그런데 마지막 잠을 동경 힐튼 호텔에 자게 되자 혼자서 늘 자는 사람은 혜택받은 거 아니냐고 결국 터지게 되었다. 그러자 그 담당 계장님이 말 한마디로 잠재우셨다.

"우리 도가 할 일은 각자 시군의 역량대로 알아주는 것이지요. 시군 주사도 사무관급이 있고 주사 보급이 있는데 어찌하여 우리를 같게 대하라고 하시느냐?"하는 것이었다. 내가 혜택을 받고 있어서가 아니라 계장님이 그런 기준점을 갖고 계신다는 걸 알고 나니 더욱 존경하게 되었다.

　그리고 어떤 해는 12월 첫째 주말에 김장하다가 말고 불려서 현장 출동한 사건이 있었다. 영덕 군민들이 탄 관광차가 양산에서 굴러떨어져 군민들이 사망한 사건이었다. '묻지 마 관광'이라고 한때 그렇게들 불러지기도 했었다.

　현장 소장이 보건소장인데 모든 사람들을 불러 모은 후에 나한테 전화를 했다. 세수할 시간도 없이 장갑 벗어 던지고 군청 마당에 오니 날 기다리는 봉고가 있었다.

　도착한 즉시, 기획실장이랑 군청에 가서 브리핑을 받았다. 경찰서에 가서 사망자와 영덕에서 치료받아야 할 환자 후송을 의뢰하고 나니 날이 어두워졌다.

지금 생각해보면 기획실장님과의 의논이 없어도 서로의 역할을 충분히 인식하고 있어 그 모든 게 가능했던 것 같다. 그리고 분명 내가 할 일이라고 믿었기에 어딜 가도 적극적으로 대처가 되었다.

모자 보건센터장이 되어서 분만을 하다
- 분만 시, 라마즈 체조와 호흡법 지도

❊ ❊ ❊

86년도 11월, 모자 보건센터 일을 하게 되었다.

보일러 기사 함 주사님을 뽑았고 홍승범 산부인과 공보의 선생님을 만난 일과 박윤금, 김재희 선생님들은 오늘도 날 지지하는 버팀목이지만, 그 당시에 둘이서 숙직을 같이하면서 도와주었던 일은 지금은 생각도 하지 못할 일이었다.

"오늘은 분만 오십 건, 백 건 파티다." 라고 하면 맥천 나이트에 가서 뛰기 시작한다. 열광적이었다. 늘 그렇게 열정적이었는데, 한 해는 보건행정계장으로 오신 분이 우리 집안 어른이신 계장님도 나이트에 모시고 갔다. 한참 흥이 나서 뛰기 시작했다. 그런데 갑자기 그분이 신발을 벗어들고 나를 타겟으로 던지기 시작했다. 달산에서 같이 근무했던 백 선생님이 말렸으나 잠시뿐이었다. 그분은 술만 들어가시면 아무도 말리지 못하신다고 했다. 나중에 안 사실은 종갓집 종손이 뛰는 여흥에 빠졌다는 것이었다.

그러다 보니, 해마다 한 두어 번은 열정적으로 계 직원과 어울리는 날이 온다. 공보의 발령이 나면 우린 그 의사 선생님들의 쇼를 보게 되었다. 그날은 모든 걸 걸고 밤 12시를 넘어서 노는 날이 되었다.

그러다 보니 우리 아이들이 82년, 85년생인데 77년, 78년생 선생님들이 들어 와서 밤이 깊도록 뛰고 나니 아차 싶었다. 사윗감과 놀고 있었던 것이다.

그래서 다음 해부터는 보건당 당수 그만 하겠다고 했었다.

그런데 다음 해, 경대 출신의 2년차 공보의, 이○우 안과 선생님이 영양에서 영덕으로 오셨는데, 개막전이 없이 밥만 먹고 헤어졌다.

이튿날에 선생님이 하시는 말씀이, 계장님 명성을 익히 듣고 영양에서 지원해 왔는데 개막전은 언제 여느냐는 것이었다. 그래서 진료계에 있을 때까지 무도회는 계속되었다.

그러던 시절이 온데간데없어지고 지방자치단체가 들어서니 내 일을 열심히 해도 한번 밉보인 이상 이미지가 회복되지 않았다.

라이온스 총무로 산
공무원의 사건

❧ ❧ ❧

쓰레기 줍기 봉사활동

　단지 라이온스로 끈이 묶여 또 다른 정치 속에 내가 살아가고 있는 것도 모른 채, 군수님을 위하는 일인지도 모른 채 책임을 다할 뿐이었다.

　여름 해수욕 철이 지나가며 라이온스 봉사 단체는 연례행사로 해수욕장에 쓰레기 줍기 봉사활동을 한다. 한여름 버리고 간 쓰레기들이 파도에 휩쓸려 나온다. 그래서 여성 단체인 우린 쓰레기 줍기 봉사활동을 한다.

그날에 있었던 사건은 오늘도 궁금증 중의 하나이리라.

지방 자치제가 되면서 읍 면장실 과장 사모님 모임인 새마을 부녀회가 부정선거와 관련해서 다 해체되자 사단체인 여성 로터리 클럽과 라이온스 클럽이 자생적으로 만들어졌다. 공연히도 우린 각자 단체에 총무로 있었는데, 그런 사건이 있자 군수님 부부간에 큰 싸움이 되고 말았다. 그런 후에 군수실에서는 월례회의 때만 되면 전화가 왔다.

그리고 다음 해 4월 군수선거를 앞두고 8월 월례회의를 끝으로 사표를 제출하라고 하시면서 서울로 가시고는 내려오시지 않았다.

난 라이온스 김일두 전 회장님과 원로님들을 모아놓고 의논했었다. 나는 총무까지 사표를 낼 수 없고 하니 제1 부회장을 회장 자리에 앉히고 제가 맡아서 운영해볼까 하는데 다른 방법이 있으신지 하고 도움을 요청했다. 그러니 그 당시에 남자 라이온스 최 회장은 내가 직접 회장을 맡아서 하라는 것이었다.

이를 군수님께 말씀드렸고 군수님은 내 생각을 말해보라고 했다. 그래서 나는 회장이 사표를 수리하는 것은 국제 라이온스에서 하고, 선거를 앞둔 시점이니 제가 이끌어 가겠다고 하면서 회장님이 내려오시게 힘을 보태어 달라고 했다.

그러나 끝내 회장님은 내려오지 않아서, 12월 31일 밤 신년 맞이 행사가 시작되었다. 걱정은 도지사가 오시는데 군수 사모님이 안 계시면 말이 안 된다는 것이었다. 어찌 방도를 찾아 달라 하셔서 겨우 모시고 와서 행사는 진행되었는데, 또 서울로 가시고 내려오지 않아서 영덕에는 무수히 많은 말들이 만들어졌다.

내 머리는 또다시 복잡했다. 그렇게 2월 월례회의 날이 다가오고 있었다.

난 남자 회장단을 찾아가서 안을 제시했다. 3월 지구당 회의 유치를 영덕에서 해야 함을 요청해 영덕 라이온스와 해송 라이온스가 힘을 합쳐 지구당 임원회의를 영덕에서 2002년 3월 5일 개최하게 되었다.

그 지구당 회의는 영양 청송 울진 라이온스에서 임원들이 모이는, 그야말로 큰 성격의 회의로 경북 회장단까지 오게 되어 있어 안 올 수 없는 입장을 만들었다. 그 길로 모든 일들이 풀려서 선거하고 승리도 했다.

그 결과로 보건소장으로 추천되어 인사가 순조로이 진행되어

가고 있었는데 세 번이나 회장님이 내게 말했다. 수술을 한 적은? 치료해준 것은 무엇 때문인지? 그렇게 5번이나 곤두박질이 났다. 결국, 9월 25일 인사가 깨어지면서 난 어느새 그 많은 말 속에 피해자가 되었다.

그래서 라이온스도 관두게 되었다. 난 지구당 회장상과 우수 라이온스 총무상 등 수많은 상을 타고 보람도 느꼈지만, 피해가 참으로 큰 상처로 남았고 5급 사무관을 하지 못한 대가만 있을 뿐이었다. 이때 받은 상과 열정만큼은 아무도 따라오지 못했다.

옥계 산사의
음악회

❀ ❀ ❀

옥계 산사의 음악회의 모태가 되어준 우리 둘째의 시.

나의 둘째가 2001년 금산문학제 '세계로 미래로'에서 수상자가 되었다.

고등학생인 둘째는 인터넷 전국 우리나라 꽃 이름 시 말에 '질경이'로 상을 받게 되어서 가야 한다는 것이었다.

토요일 시상이 있고 시 낭송회랑 꽃 시화전이 금산 적벽강 강가에서 있다고 했다. 그래서 토요일 근무를 마치고 아이를 태

워서 달려가니 시 낭송은 이미 끝난 11시였다.

그런데 금산호텔에서 수상자가 잘 수 있도록 객실이 준비되어 있었다. 우린 둘째 덕에 그 호텔을 가서 자고는 이튿날 가서 다시 상을 받고 상품으로 인삼 액기스 150봉을 받았다.

그리고 백일장에 시를 적은 후에 둘 다 교환해보라고 애들 아빠 말에 교환해보니 우리 딸은 돌에 대해 적었다. 난 놀라웠다. 딸의 깊이 있는 글이 여기까지나 되는 줄 몰랐고 잘했다고 했다.

난 적벽강에 얽힌 내력에 관한 글을 적었다.

그런데 아빠는 아이 글을 보고는 어렵다고 했다. 그러니 애는 금방 쉽게 고쳐버렸다. 난 처음 것이 낫다고 했으나 이미 생각을 바꿔버린 후였다.

그래서 난 상을 타고 상품으로 인삼 액기스를 150봉 더 받아서 왔다.

한국문인협회 금산지부에 간다고 자랑을 하자 군수님은 여비를 보태어 줄까 물으셨다. 그 아이템을 구해다가 주고 어떻게 하는지 알려 달라고 하셨다. 영덕군은 그 이후에 열리는 음악회니 시 낭송회 등은 건물 바깥에서 열리게 되었다.

적벽강(赤碧江)

김 노미(영덕군보건소)

古古한 그 때를 거슬러
적벽 강 긴 자락 닿은 곳

'물페기 길'
'예미 길'
'승재 길' 낯선 곳

여린 아침 햇살에
고요한 수면 위로
낯설어 수줍게 비추이는 얼굴

비 바람에 깎이고
오랜 외로움을 가슴에 안은 채
세월을 겹겹이 두른 바위산

강물줄기 부드러움 에도
제 몸을 나누어 올망졸망 제각기 돌을 빚어

유난히 붉은빛이 많은 돌

물 밖으로 집어들면
그 빛깔을 잃고
생명마저도 잃어버리는 돌

등줄기 따가운 한 낮
송사리 부지런함도 낮 잠을 자는데

깎아지른 적벽
그대로
강물속에
제 몸을 태운다.

2002. 8. 18.

2002 금강문학제(강과 사람) 백일장 수상(차하)

가을 산 음악회

김 노미

자그마한 손들이 움직일 때마다
팔각산 계곡에 사랑이 피어올랐다

바람도 싸늘하게 스며드는 추위도
열정을 지울 수 없는 밤

각자의 가슴에
오로지 자기만을 위해서 음악이 연주되고

가을 산의 정경이 현란한 조명을 입고
둘러쳐진 산 계곡의 풍치가 병풍을 치며

하아햔 드레스
맑은 물소리 같은 목소리가 밤하늘을 메아리쳐
가슴 울리며 올올이 쌓이는 밤

황홀한 가을밤을 열어

고귀한 사람이 되고
소중한 땅으로 새김 되는 영덕
삶이 행복으로 피어나는 하루

뜨겁게 껴안을 대지 위에 함께 하는 이

헐벗을 산천의 나뭇잎
음과 바람 사랑의 노랫말까지도
낙엽이 소스란히 흔들리는 목소리에 춤을 추고

초겨울이
문 앞에서 나를 맞는 밤

2002. 10. 26. pm8:00

옥계 단풍 음악회

내 친구들 집에서
비를 피하고 밥을 먹었다

✼ ✼ ✼

난 박태수 선생님의 든든한 신용을 받는 커다란 백을 자랑하면서 친구들 집에서 자고 밥을 먹었다.

그리고 친구 기도와 아버지의 그 열성적인 자식 농사는 살아가는 내내 지침이 되고 역할이 되어 내 길을 걸어가게 해주었음을 감사 할 뿐이다.

그리고 내 친구 영랑이 아들을 장가를 보냈는데, 영화 시크릿 가든을 찍은 그 장소인 한강 위에 띄워진 배 위에서 결혼식을 하게 되었다. 마침 딸과 사위가 외손주를 외할머니께 보이려고 내려와 있던 때라서 올라가서 같이 뵙고 인사를 드리고 싶었다. 그래서 영종이 오빠랑 친구보다도 어머니께 외손주와 사위 딸을 보이고 나니 내 인생의 한 숙제를 다 푼 것 같이 기뻤다. 특히, 어머니가 기뻐하시면서 늘 네가 잘해줘서 고맙다고 하셨다.

난 항상 친구 어머니가 작은 가방을 들고 아주 기쁜 맘으로 교회에서 걸어오시던 모습을 보면서 "어머니, 교회 갔다 오시는구나?" 그러면 "그래." 하시던 모습이 아직도 선하다.

나중에 친구 어머니가 돌아가셔서 문상을 가니 영랑이가 어머니께서 늘 내 얘기만 했다고, 사위랑 딸과 손주까지 데리고 와서 소개해줘서 기뻤고 고마워하셨다고 말했다. 이토록 받은 사랑이 많은 나는 퇴임이 접해지고 나서야 그분들의 사랑이 얼마나 큰지 알게 되었다.

나는 큰 강물 줄기 되는
친구들을 만나다

❀ ❀ ❀

대한민국을 이끌어 가는 거대한 함정의 함장들!
하나는 1994년도 제1기 여성간부 수료자들이다.

우리 50명은 수원 내무부 연수원에서 3달을 합숙하면서 잠도
못 자고 공부에 온 힘을 다했다. 건강을 해쳐가면서 이 명품 교
육이 유지 발전할 수 있도록 뛰어다니신 회장님은 고인이 되시고

1기생 중 나 혼자만이 계장으로 남았다. 그러나 우리는 내무부의 영원한 꽃이 되어 지금도 해마다 내무부에서 여성간부가 50명 내외가 배출되고 있으며 그 맥은 IMF를 넘어서 현재까지 이어졌다.

교육 시작한 지 한 달이 지나면 대한민국의 최고급 여성인력이 한자리에 모여 2박 3일을 함께한다. 그럴 때면 막내 기수인 15년도 23기 후배가 1기 선배에게 찾아와서 우리의 공로로 자기들이 올 수 있었음을 감사드리며 잔치를 한다.

그래서 지금은 그 친구들이 여성부에서 최고위 공직자로, 또는 강원도 경제부지사로, 또는 사하구 부구청장으로, 서귀포시장으로, 양주 부시장으로, 광주 농촌지도센터장으로 우뚝 서서 당당히 살아가고 있음이 자랑스럽다. 그 열성은 충분히 대한민국을 책임지고 이끌어 가는 원동력이 되기에 충분하다.

불행히도 우리 영덕군은 나 이외에 아무도 그 혜택을 못 받고 살고 있다. 국가에서 공들여 교육해 키워놓은 인재를 써먹지 않으니 영덕군에 교육 티오가 없다는 것이다.

거대한 이 땅의 삶을 살아낸 50명

두 번째 줄기는 선린간호학교 선배님들과의 소통이다.

4기인 우린 1기의 명성만 들었는데, 뉴욕에 계신 1기 선배님의 장학 사업과 카페 운영으로 만남이 이어져 왔다. 처음으로 만난 선배님들이 제일 아끼는 4기. 우린 서러웠던 학교생활이 생각 나서 선배님을 붙잡고 울었다. 그리고는 이내 한 자매가 되었다.

미국에 계신 선배님이 열어주신 여행으로 어디서 살아가든지 우린 한 줄기 강물이 되어 흘러 왔음을 아무도 부인하지 못한다. 2011년 미 서부 2주간의 여행이 계획이 잡힐 때만 해도 우리가

이렇게 한 덩어리로 성장하게 될 줄 몰랐다. 이제 어디서나 어느 때든 우리는 하나가 될 수 있음을 안다.

학교 때 임원이라서 그런지는 몰라도, 나는 여기가 당연히 내가 있을 자리임을 알았고 선배들 또한 존경할 수밖에 없었다. 어디서나 자기 자리를 감당하지 못해 카페에서 쫓겨나고 한번 왔다가 신뢰 못 받은 사람이 있게 마련이다. 하지만 여행 때 느낀 그 감동과 감격은 무엇보다도 귀하고 소중했다. 50명의 거대한 삶을 쏟아 붓기에는 2주가 부족할 정도였다.

우린 국적이 다양한 가운데서 만났다. 헤어진 이산가족의 만남이 이것만 할까 생각한다.

한 사람의 거대함이
미국에서도 놀랄 만큼의 큰 성장이
우리나라와 서독에서도….
그 어디서도 찾아볼 수 없는 팀이 되었다.

선배들의 쟁쟁한 성장은 말로 다 할 수 없었다.
삶 자체가 우리에게 모델이 되어 주었고 자랑이 되어 주셨다.

2011년
미 서부 2주 여행

※ ※ ※

그레이하운드 50석 대형 버스로 우리는 미 서부 구석구석 2주간 다녔다. 가이드가 필요 없었다.

차 안에서 한 사람씩 각기 살아온 삶을 얘기했다. 그 순박한 삶도, 열정적인 삶도 다 거대하게 성장한 여성의 삶! 한 사람 한 사람의 삶이 온통 쏟아지는 그 길을 우리는 미친 듯이 달려갈 뿐이었다.

위로하고 위로받고 같이 울고 박수를 보내고 박수를 받고…. 어느 것 하나, 어느 땅에 살든 다 보석이 된 삶들이 50명. 그렇게 2주를 보냈다.

2년 후에 미 서부에 모였던 그 열기가 다시 이어졌다.

2014년도 이번에는 미국 동부와 캐나다 2주! 와우!

미 서부처럼 한국에서 20명 내외, 서독에서 20명 내외, 미국 캐나다에서 10여 명. 우린 뉴욕을 들러보고 타임스스퀘어 광장 속에서 어느새 미국의 자유스러움과 하나가 되었다.

타임스 스퀘어

이 모든 걸 가능하게 해주신 선배님의 사랑스러운 눈이 날 찍어 주셨다.

또, 한국인 가이드가 조하문의 '눈 오는 밤'과 '험한 세상에 다리 되어' 두 노래를 부르며 우릴 위해 바치겠노라 하였다. 그는 가끔 카톡에 들어와서 "누님, 언제 또 뉴욕 오실 거예요?" 한다.

그리고 그 많은 일들의 결과로 학교에 나이팅게일 동상을 세우고 우린 학교 총장과 부총장님과 사진을 찍었다.

나이팅게일 제막식날(총장, 부총장님과 4기생)

1기 선배님과 총장, 부총장님

Love Story

1970년 우리들의 이야기
그때 우리들의 미래였던 스승님
눈 뜨면 그저 새롭기만 했었던 그날들

봄이면
무거운 교복치마 마저도 하늘거리던 발걸음
그저 거대한 꿈들만 있었던 날들

어렵던 그 날엔
갈등과 고민 속에 머리가 땅에 닿아도
나 너는 없고 우리들만 있었다.

첫 만남에
우리 막내!
그 말이 고스란히 막내 기수가 된 후에도 몰랐었던

이제
지난 시간들을 조망해 보면
각자의 운명으로 헤쳐 살아 왔지만

아직도 꿈을 믿고 꿈을 이루려 하지만

참으로
삶이란 우연 이었던 적이 없었고
그때 생각들 나던 배움이 전부가 되어
그 많은 시간과 공간을 뛰어넘어

옛적
그 한울타리 안에서 맴돌아 살아 왔음을
거대함으로 한점이 되고
의식대로 이루어진 모든 것들도
오로지 이끄신 분의 의지였음을...

돛단배는 바람의 풍향으로 나아감을

오늘
소중한 만남은 끝남이 없음을 고백 드리며
이태조 스승님의 건강과 신의 축복이 늘 함께 하시길 기도하며
존경과 사랑을 담아 늘 제자들이 함께 하려합니다.

이태조 부총장님 퇴임에 부치는 글

2013. 3. 22. 제4기 제자 김 노미 올림

부총장님은 그 당시에 나의 담임을 했었는데 "우리 막내, 오늘도 잘 잤니?"하고 인사를 해주었다. 선배들한테 자랑했더니 너한테만 그렇게 한 줄 아느냐고 하시면서 누군가 울고 있으시면 부총장님이 베개 갖고 와서 같이 주무셨던 경험을 자랑삼아 얘기했던 기억이 난다.

부총장님은 나와 소통을 하고 나도 공부가 필요할 때마다 교무실로 찾아가고 그랬다.

우리 영덕에도 선린대 야간반이 세워졌는데 이는 내가 대구산업정보대학 관광경영학과를 야간학교에 다니던 아이템을 연계시킨 것이기도 했다.

그러고 보니, 또 한 사람이 생각난다. 올해 사회복지학과 야간반 정신복지론을 강의하시는 교수님. 그 교수님께 어느 날 교육이 있어 결석해야겠다고 말씀을 드렸다.

그랬더니 "선생님, 혹시 영덕군보건소에서 분만하시던 선생님이 맞느냐?"라는 것이었다. 그렇다고 하자 "우리 아이 받아준 김노미 선생님이 맞느냐?" 되물었다.

그리고 그다음 시간 수업 때 자기도 늦게 선린대 야간 캠퍼스에 다니던 1기생이었다고 그러셨다.

얼마나 벅찬지 모르겠다. 우린 서로가 필요한 존재로 주거니 받거니 하며 살아가는 존재인 것이다. 단지 모르고 살아갈 뿐이다.

2005년 10월
영덕 수영팀

✵ ✵ ✵

블루로드 완주한 사람들과 함께

여기에 작은 모임으로 우린 언제나 아침에 눈을 뜨면 가장 얇은 천 조각으로 몸을 가린 채 만나는 '팀 영덕' 수영하는 친구모임이다. 서로 존경하며 위해준다. 위 청장님을 인터넷에 검색하니 여전히 우리와 함께하셨던 삶을 그대로 살아가고 계셔서 소개하고자 한다.

시와 함께하는 편지

– 신문 스크랩 中에서

　이렇게 전국을 돌며 사무감사를 하던 중 순천지청에 갔을 때 일입니다.

　순천지청 축구팀 단장이라는 한 젊은 검사가 눈에 띄었습니다.

　그는 적극적으로 축구 시합에 임했고 직원들을 통솔하는 솜씨도 예사롭지 않았습니다.

　그런데 정말 특이하였던 것은 그의 폭탄사였습니다.

　드디어 그가 일어섰습니다.

　그가 일어서자 순천지청 측 검찰 간부와 검사들은 누구라 할 것도 없이 일제히 그에게 박수를 보내며 그의 특별한 폭탄사를 기다리는 분위기였습니다. 도대체 무슨 일이 벌어지는 것일까? 저는 자못 궁금하였습니다.

　수많은 폭탄사를 들어보았지만 이렇게 폭탄사에 힘을 실어주는 사례는 처음 보았기 때문입니다. 드디어 그가 말문을 열었습니다.

　그는 시를 암송하였습니다. 그런데 그 시는 우리가 일반적으로 아는 시가 아닌 생소한 시였습니다. 그런데 그 시의 내용은 그 상황과 절묘하게 잘 맞아 떨어졌습니다. 시를 다 암송하고는 그는 이렇게 덧붙였습니다.

"이 잘 생긴 위○○이가 한 잔해도 쓰것습니까?" 구성진 전라도 사투리로 위○○ 검사는 자신이 폭탄주를 마셔도 되는지 좌중에게 물었고 이런 폭탄사 양식에 익숙한 순천지청 검사들은 일제히 "쓰것습니다."라고 화답하며 그의 폭탄주에 힘을 실어주었습니다.

지난주 월요일 위 검사는 '시와 함께하는 편지, 107번째 이야기'를 보내왔습니다.

동서남북

김광규

봄에는 연녹색 물결 북쪽으로

북쪽으로 퍼져 올라간다

철조망도 군사 분계선도 거리낌 없이

북상한다

산맥을 넘고

들판을 지나서

진달래도 개나리도 월북한다

여름이면 뻐꾸기 노랫소리

개구리 우는 소리

어디서나 똑같다

가을에는 황금빛 물결 남쪽으로

남쪽으로 퍼져 내려온다

비무장 지대도 민통선도 거리낌 없이

남하한다

강을 건너고

계곡을 지나서

코스모스도 단풍도 월남한다

겨울이면 시원한 동치미 맛

얼큰한 해장국 맛

어디서나 똑같다

동서남북 가리지 않고

온 세상을 하나로

하얗게 뒤덮는 눈보라

아무도 막을 수 없다

마을 친구들과 사회복지과 동료들

마을 친구모임

난 마을에서 1호로 대구공고에 갔던 해우 친구! 축구 5번, 11 번 오직 두 사람을 보기 위해 여중에서 영덕중 고교 운동장을 몰래 기웃거렸던 시절도 있었다.

그중 두환이는 가장 세련된 도시 남자가 되었고 우리 귀택이는 목소리 파워로 몸으로 밀어붙인다.

그래도 우린 여전히 한 이불 속에 발을 넣던 친구로 1박 2일을 올해도 함께 보냈다.

　앞으로 살아가면서 서로에게 큰 자원이 되어줄 소중한 친구들을 얻었다.

　정년퇴임을 축하하는 열세 명의 단합된 화분도 도착되었다.

　얼마나 아름다운 일의 시작이 될 는지 모른다. 기대하리라!

스승님과 선배님들과의
인 연

❃ ❃ ❃

한때 세계화란 화두가 되어 (언젠가인지는 모르지만) 그 당시에
발표했던 걸 여기에 실어본다.

나의 세계화란

세계화란 고정 관념의 인식 전환에 있다고 생각됩니다.

각자의 업무 위치에서 세계 일류가 될려고 노력하는 과정이 아닐
까? 생각합니다.

그래서 저도 한 엄마의 위치로는 로즈. 피츠 제럴드. 케네디가의 대
모를 닮으려고 노력합니다. 한 가문의 엄마가 세계의 엄마로 인정받기
까지의 많은 노력과 수많은 도전이 있었을 겁니다.

그때마다 로즈 피츠제럴드는 이렇게 속삭였다고 합니다.

"인생은 고통과 환희의 연속이다. 새들도 폭풍이 멎으면 다시 노래하

는데 우리가 그렇게 하지 못 할 이유가 뭔가?" 라고

그렇게 자신을 이끌고 쌓은 것이 결국은 세계를 쌓은 것이 된 것입니다.

나는 한 여성으로는 재클린. 케네디처럼 살고자 합니다.

"죽음을 맞이했을 때 많은 유혹과 극변 속에서 삶을 평온하게 이끌 수 있었던걸 가장 자랑스러운 업적"이라고 말할 수 있는 그런 여성이고 싶습니다.

또 직장에서 하나의 직장인, 전문인으로써 늘 주민의 입장에서 그들에게 최고의 서비스를 해주는 사람이 되어 나도 그들에게 필요한 존재로 만나고 싶은 최고의 사람이 되어있길 바라며 새로운 것을 늘 배우는 사람이 되고 싶습니다.

요즘은 영어 사전이 바뀐다고 합니다.

시대의 변화에 언어까지 변화되고 있는 것입니다.

Police Man의 Man은 남성의 상징이므로 Police Officer로, Post Man은 Post Carrier로 쓰고 있답니다.

모든 것이 제자리에서 조그마한 인식 전환을 시작할 때 새로운 것을 받아들이고 실천할 때 고정 관념은 없어지고 시야가 넓어지게 됩니다.

그리고 세계화란 자신의 내부에서 우러나는 작은 변화의 시작이며 좀 더 다양한 프로그램의 교육으로 자신을 변화시키고 다양한 방법으로 주민들을 교육화하여 스스로가 각 위치에서 자신을 관리 책임질 수 있을 때 세계화란 이루어진 것이 아닐까 생각합니다.

끝으로 말이란 잘 할 수 있으면 좋겠지만 진실된 말을 할 줄 아는 게 더 중요합니다.

해박한 지식과 잘 그리는 지도 알맞은 간격과 말과 억양 그래서 저는 또 다른 나의 발전을 위한 경쟁 대상자가 생긴 것입니다. 멀지만 모든 것은 시작이 반 인 것임을 이루어 본 사람들은 알 것입니다.

'화'란

자그마한 노력의 시작일 것입니다.

내 평생에 스승 세 분과 인연이 있고 쟁쟁한 선배님이 계시고 우리 한국을 대표하시는 여성분들이 언니와 친구가 되니 자랑을 아니 할 수가 없다.

그리고 영덕군을 다녀가신 부 군수님들도 내 인생에 큰 기쁨이 되어 주셨다. 아버지 같아서 의지했던 윤정용 부군수님, 김창곤 부군수님. 어느 때는 연인처럼 대해주시던 많은 부군수님들의 사랑과 위로가 있어 가능했던 생활 이었음을 기억하리라.

옛날에 원룸이 없던 시절, 도에서 발령이 나면 주택에 방 한 칸을 얻어서 혼자서 밥 끓여 먹던 신임 사무관들이 군수실 소개로 우리 집 옆방에 세를 들게 되었다. 한번은 사무관 교육을 받고 오신 분이 밤에 자다가 혈압으로 정말 위급하게 되었다.

제일병원에 가서 밤새워 지켜드렸는데, 이튿날 아침에도 대구에서 사모님이 오시지 않았다. 나중에 보니 아기도 있고 시어른들을 모시고 계셔서 그랬다고 하셨다. 그런 인연으로 내 집 옆방은 도에서 오신 분들이 한 4년간은 교대로 사용했었다.

그런 시절이 다 끝나고 김 군수님이 로비 사건으로 나가시자, 언제나 난 이 자리에서 승진도 못 한 채 있었다. 한날은 새로 사

공황 부군수님이 오셔서 실과별로 줄을 서서 인사를 하러 부군
수실로 들어갔다. 그런데 내 손을 잡고는 내가 열심히 하신다는
말을 들었다면서 예방의약계장이 어려운 자리인데 수고가 많으
시다고 손을 놓지 않아 사람들이 의아해했다.

그러나 이미 내 맘은 굳어져 있었다.
난 이 자리에서 수없이 많은 만남을 한결같은 마음으로 맞이하
고 또 아쉬워하며 보내고 했는데, 아무도 내 생을 거두어 주는
이 없었다.

고령에서 오신 강○규 부군수님은 나를 집으로 부르셨다. 사모
님이 받은 송이를 내게 주시면서 고령군에서 오실 때 학교 선배
가 사모님께 소개해준 것이었다. 그래서 세 사람이 자주 식사도
하곤 했었다.

방폐장 유치를 위해 밤낮으로 독려해 주시던 윤정용 부군수님
은 술로 혈압이 220까지 올라가도 하루도 쉬지 않고 밀고 나가
셨다.

아침 혈압 체크와 퇴근 때 혈압 체크를 하면서 그분은 아버지
같은 분이 되었다.

내가 들어갈 때면, 항상 같은 시간대에 들어오시는 민원실 이동욱 과장님이 도에서 세트로 오셨는지 아버지처럼 챙겨드리고 계셨다.

2009년 그 무서운 사스도
뭐든지 알고 보며 교육이 우선되어야 했다

❀ ❀ ❀

난 수없이 많은 교육을 했다.

경로당 노인들을 찾아다니면서 성교육을 하는데, 남석2리 마을 회관에 가니 마침 아버지가 계셔서 어떻게 할까 하다가 그대로 하기로 했다.

전립선에 효과적이라는 운동까지 실습시키고 질문을 받았는데, 몇 분만이 내가 천호의 딸임을 알고 다들 모르셨나 보다.

혼자 사는 사람은 어떻게 하면 되는지 질문이 들어왔다. 그래서 꼭 부부가 같이 있다고 이런 교육이 필요한 게 아니고 우리가 스스로 기능에 대해서 알고 더 좋아지는 운동을 하시면 된다는 궁한 답변을 한 후에 이 문제에 대답이 없어 교육을 더 하지 못했다.

사스 때는 의사들이 처음에 플루타미에 대한 약 처방이 없자 의사회 약사회간담회를 열어서 7시 식당에서 교육을 했다.

이튿날, 군청 언론 스크랩에 내가 교육하는 장면이 크게 나왔다. 나는 그것도 모른 채 사회복지시설에 관한 지침에 맞춰서 교육 내용을 고치고 있는데, 보건소장님 호출이 왔다. 내가 방에 들어서는데 소장님은 다짜고짜 고함을 쳤다. 김 계장은 일을 어떻게 하고 다니느냐는 것이다. 내가 모르겠다고 하자 꼴 보기 싫으니 나가라고 했다.

'왜 저러지?' 하고 책상에 앉아서 컴퓨터를 켜는 순간, 또 호출이 날아왔다. 이번에 내가 들어서면서 "소장님 왜 그러세요! 전 바빠요."라고 그랬다. 그러니 소장님은 일을 이따위로 하면서 바쁘냐고 따지는 것이다. 그래서 화가 나서 단박에 방을 나오고 말았다.

보건행정계장으로 계셨던 이 계장님한테 도대체 소장님은 왜 저렇게 화가 나셨는지, 왜 내게 화를 내는지 모르겠다고 말했다. 그러자 "김 계장님, 혹시 오늘 신문 보셨나요?" 하는 것이다.

"그거 볼 시간이 어디 있나요?"

"그래도 보세요."

그래서 가만 보니 내가 교육하는 장면만이 나와 있었다. 소장님은 그것 때문에 화가 난 것이었다.

난 속으로 선포했다. 내가 다시는 신문을 보나 봐라. 2009년 이후로 언론 스크랩은 정말 본 적이 없다. 그런데 신문을 그렇게 안 봐도 다 알게 된다는 것이 더 신기했다.

경찰서 교육을 가니 경찰서장이 앉아 계셨고 전 직원이 그 회의실 가득 메워있었다. 난 거리낌 없이 교육을 시작했다.

참여자 소개가 있었고 인사를 한 후에 난 첫 마디로 "경찰서장님이 있으신 이 자리에서 교육할 줄은 꿈에서도 몰랐습니다. 가문의 영광으로 여기고 오래도록 기억하겠습니다."라고 하였다.

그렇게 손 씻기 운동까지 마치고 보건소에 도착하니 군청에서 군수님이 찾으신다고 했다.

군청 공무원들이 다 홍보를 해야 하는데 두고 보건소장은 뭐 하는 사람이냐고, 교육을 언제 할 거냐는 것이다. 그래서 월례회의시 전 군청 공무원을 교육했으며, 우체국장들과 집배원들을 저녁 8시에 찾아가서 맞춤 교육을 했다.

그 외에 들판 진드기에 물리면 안 된다고 기피제를 싸서 들고는 마을 정자에 찾아가서 교육을 시켰다.

또한, 간디스토마 대변 검사는 우리나라 조신형 박사팀이 프로젝트를 진행하는데, 간암 환자의 대부분 원인은 간디스토마란 사실이 연구 결과로 나왔고, 여기에 감염되면 간이 부어서 배에 복수가 가득 차는 증상이 나타난다고 설명했다.

이 프로젝트에 동참하는 군에는 5백만 원의 지원이 있어 검사에 신청을 하자고 제안을 했으나 직원들이 싫어했다. 군수님도 말이 없었다. 그렇지만 우선적으로 신청을 했고 교육을 가보니 우리 군에 꼭 필요한 게 이 사업임을 알게 되었다.

강과 바다가 있고 맑은 물에 기생충이 살아서 고기 비늘에 붙어있다가 날고기를 먹으면 같이 먹게 된다는데, 우리 군이 그런 환경이었던 것이다.

그래서 송천강 주변 마을을 먼저 진단해보기로 했다. 그 결과, 사천마을이 가장 높게 나왔다. 그래서 병곡면 동장들을 모아놓고 교육을 했다. 하지만 대변을 거두어들이고 중앙에 보내는 일에 직원들을 쓸 수는 없었다.

그래서 동장들께 유료자원봉사라는 명목으로 보상을 약속하면서 이 사업을 성공리에 마쳤다.

오십천은 달산면 지품면 오십천 상류 지역은 다 했으나, 영덕읍을 하려니 은어축제팀과 부딪힌 데다가 내가 진료계로 발령이 나서 그만두었다.

시 책
사 업

❦ ❦ ❦

  난 앞선 행정을 특별히 한다고 한 게 아니라 모든 일들을 혼자서 해결해야 했기에 많은 시책 사업을 제안하게 되었다.

  95년도 말에 노인 의치 무료 틀니 사업 시책을 내었다.

> 대상: 영덕군에 주소를 둔 자
>
> 나이: 70세 이상
>
>   – 위아래 전부 틀니 또는 한쪽만 틀니를 해야 하는 경우.
>
>   – 시책 심의위원회에서 선정되어 설명회를 가짐.

  이 자리에서 내무과장이 조례를 만들어야만 무료 예산 편성이 가능하고 시상도 가능하며 승진도 된다고 하셨다.

  난 이 말들을 승진, 시상시키기 싫어서 하는 말로 착각했고, 구 보건소장님께 조례를 만들어야만 시책 사업이 가능하다 그랬다고만 보고했다. 그 당시에는 조례가 어떤 것인지 잘 몰랐고 사무관 승진시키기 싫어서 하시는 말인 줄 알고 더 이상 고민 않고 묻어두기로 해버렸다.

그런데 군청에서 그 이듬해쯤 65세 이상 노인 인구를 대상으로 무료 틀니 사업을 하라는 것이었다. 1995년 이듬해, 여성 간부 리더 심화 과정에 가서 시군별로 하는 사업 이야기를 하다 보은군 보건소장이 된 이 소장이 영덕군에서 하는 아이템을 달라고 하기에 줬던 것이다. 그다음 해에 이 사업이 보건복지부에서 선정되어 지금처럼 전국에 퍼져간 사업이 되었다. 그래서 시작이 되었던 것인데, 내겐 아무런 혜택이 없었다.

한번은 저출산 문제로 고민하고 있을 때에 예방의약계장으로서 65세 이상 노인과 미취학 아동을 대상으로 독감 무료 접종을 하자는 아이템을 내었다. 그래서 우리 군은 미취학 아동 접종을 우선 시행한 후에 65세 노인들도 읍면별 접종을 하게 되었다.

난 로미로 살아갈 50년을 준비할 것이다

* * *

여태껏 이렇게 살아온 날들이 이제 다 기억 속에서 아예 지워지길 바랄 뿐이다. 저 너머로 펼쳐지는 태양을 더욱 선명하게 받아들일 준비를 위해서 새로움을 채워 날 새롭게 하리라. 앞으로 50년을 살아가려면 내 맘을 비워 가슴 떨릴 일들로 다시 채워 가리라. 내 머릿속 구겨진 사이사이에 쌓여 있을 무의식까지도 버릴 수만 있음 기꺼이 버릴 것이다.

아버지가 주신 이 몸과 머리를 갖고 살아왔지만, 그 깊이를 보면 나 스스로 서서 살아왔다 할 게 아무것도 없다.

이젠 오직 한 분!

그분의 약속을 믿고 그분의 영감이 이끌어 주는 대로 살 수만 있길 바랄 뿐이다. 나의 나다운 것은 다 하나님의 은혜이니 난 60세를 살면서 흔들림 없이 평안을 유지하면서 어떠한 경우라도 당당할 수 있게 살아왔음을 자부한다.

이것 또한 내 안에 계신 하나님의 하신 일이니 감사하고 육신의 부모님께서 주신 것 또한 너무나 감사할 일이다. 하루하루 넘치는 삶이 행복할 뿐이다.

난 언제나 내 이름에 자부심으로 살아왔다.

6학년 때 박태수 선생님이 늘 "김노미!"라고 추켜세워주니 중학교를 가기 위해 한 해 더 다니던 안노미가 기가 죽었다.

그러나 내 이름을 두고 간혹 욕을 하듯이 "이놈!" 하고 도망가는 남학생들이 있었다. 그래서 한문을 익힌 난 내 이름이 노 자가 아니라 나라 로 자임을 알게 되었다. 그러니 러시아 로나라 공주라고 로미 김이라고 우겼다.

나는 믿음을 갖게 되면서 성경에서 사울이 예수의 제자가 되면서 바울이 되고 아브람이 하나님의 음성을 들으므로 아브라함이 되었구나 하고 있었다.

그리고 무언가에 이끌리어 2015년 12월 10일경, 나도 모르게 법원을 찾아가게 되었다. 가서 김로미로 개명하는 것에 대해 물어보러 왔다고 하니 신청서를 써서 내고 가시면 이달 내로 해서 보건소로 보내드리겠다는 것이다.

그런데 기다리던 소식이 없었다. 1월 초에 다시 법원을 찾아가니 담당자가 전근을 가서 새로 발령받았으니 좀 더 기다려 달라고 했다. 2월 15일 개명허가가 떨어졌다면서 한 달 안에 읍사무소에 가서 신고하지 않으며 과태료를 물게 된다고 하였다.

난 다시 태어났다. 출생신고도 한 달 안에 안 하면 과태료를 물어야 하니 난 그렇게 글로벌 하게 다시 태어남이 신났다.

우리 아버지는 나의 이름을 글로벌 하게 지어주셨구나! 한문도 그대로이니 인감도 바꿀 필요가 없었다.

한동안은 바빴다. 은행은 찾아가서 고치고 보험 등은 팩스를 보내면 고친 이름의 증서가 왔다. 고쳐도 또다시 보면 빠져 있다. 정말로 여러 가지로 새로운 사람이 되어가고 있다고 느껴졌다.

올해 갑자기 어떻게 알게 되었는지도 모른 채 선린대학에 야간반 사회복지사 자격 2급 일 년 과정이 있음을 알았다. 그래서 20% 면제까지 받아가면서 다니게 되었다. 믿음이 있는 우리는 안다. 하나님께서 일하심을 믿고 나아 간다.

날 위해 뭔가를 준비해두시고 계시니 안심하고, 즐거운 마음으로 이 나이에 새로운 걸 채워주시니 감사하면서 이제 한 달 후 내 모습에 대해 걱정 없이 기대로 산다.

올해가 가고 나면 난 어디서 무얼 하면서 살게 될까? 걱정보다는 '기대하고 기다리고 기도하라'는 것만이 내가 할 수 있는 최선임을 알기에 그렇게 다가올 나의 모습을 궁금해하며 기다린다.

우린 군민체육대회 때 임산부를 만들기로 했다. 아이디어가 계장님, 소장님까지로 확대되어 축제가 되었다.

'100세의 기적!'/ '새벽 임신!'/ '삼둥이 임신!'/ '열 번째 임신!' 등. 임신부에서 유모차 부대, 그다음은 유치원생, 청장년층, 노인들 …. 그렇게 마지막에 등장해서 한 바퀴를 돌고 나니 '아! 이 소중함도 내가 할 수 있는 마지막이었구나!'라는 생각이 들었다.

요즘은 나이 가속에 퇴직 가속까지 붙어서 하루가 얼마나 바쁜지 모르겠다. 그래서 사회복지밴드에 "오늘도무지바쁘다."라고 보냈다. 우리 사회복지 야간반의 두 살 아래 오빠가 '도무지 바쁘다는 건 영덕만이 갖는 특유의 말인가?'라며 떠들썩했다.

오늘도 무지 바쁜 하루다!

'무지 바쁘다'와 '도무지 바쁘다'를 놓고 '무지 바쁘다'로 결론이 내렸다.

그렇게 사회로 나가는 길목에 15명의 우군을 주시니 이 또한 감사할 뿐이다.

난 바빠서 그런지 아니면 시력이 나빠서 그런지 몰라도 카톡엔 띄어쓰기가 언젠가부터 없다.

1학기 기말고사 시험인 6월 15일, 연가를 내고 학교에 가서 에어컨을 틀고는 공부를 했다. 혼자서 하기엔 방이 너무 시원했다.

그래서 밴드에 글을 올렸다.

'혼자서방시카났으니빨랑53!'

그중 제일 먼저 도착한 메시지 글.

'로미 언니~! 서방도 시키며 나오나?'

나도 모르게 빵 터지는 웃음!

아니 이런 머리는 어디서 나오는가?

온종일 이 문제로 웃게 되었다.

퇴 직
여 행

5월 25일에서 28일, 제주로 가서 그동안 쌓인 피로를 풀러 갔다. 다행인지 동생과 같이 가게 되어 그나마 내 맘이 평안해졌다.

세상을 살아가면서 이젠 황당한 일이 닥쳐도 여유롭게 대처가 되고, 할 수 없을 때도 주님의 시작이 있음을 알고 나니 막다른 골목길에 부닥쳐도 그분의 일하심을 믿기에 두려움이 없다.

가끔씩 참새가 날아와서 재잘대듯이 세상사를 내게 물어다 주는 사람들이 있다. 그 사람들은 누군가에게 내 이야기를 물어다 주고 대가를 받겠지. 아니면 인정을 받는다고 생각할 테지.

자기의 업을 위해서 임을 알지만, 그냥 두고 본다. 그 많은 말의 폭풍우가 닥쳐도 흔들림 없이 평안을 유지할 수 있다.

기자가 와서 말도 되지 않은 말로 나를 두고 적시할 때도 "난 어떤 일에도 내 판단 상 흔들림이 없는 사람이다."라고 말했다.

39년 하고 6개월, 이젠 민간인
난 39년 반을 오직 영덕군청 직원으로 영덕군보건소에서 살았다.

오직 내 맡은 일에 최선을 다했고 선임자도 없는 길을 공문 한 장이면 내가 하는 일이 최선의 방법이라 여기고 헤쳐나갔다. 밤낮없이 집보다 사무실에서 지낼 때가 행복했던 적도 많았다.

간호사라고는 친구 한 명이 잠시 근무했을 뿐인 보건소였지만, 전국 실적 대 목표로는 항상 상위로 1~2등 할 때가 많았다. 정관 난관 실적도 그래서 그 당시에 우리 중 실적이 가장 우수한 직원이 대만을 갔다 올 수 있었다.

그러나 시대가 바뀌어 가니 내 무게가 너무 무거워서 단체장들조차 힘겨워짐을 알게 되었다. 그래서 버릴 수 있는 것들은 다 버렸다.

나의 나다운 것 빼고는 일도 한손놓고 직책도 밀리고 나니 현명해졌다. 그러자 사람들이 보였다. 그리고 그 사람들을 용서했다.
그러나 이미 그들은 내 곁으로 돌아올 수 없나 보다.

내 평생 친구라고 자랑이 되었던 친구도,
통영에 사는 내 친구랑은 제2라운드를 캐나다로 정했건만,
그들은 그렇게 떠났다.

그 친구는 내가 자길 만나려 달려가면 항상 속옷을 싸주었는데, 어찌나 맞는지 어떻게 알까 궁금하기도 했었다. 싸주었던 하늘거리는 원피스와 약혼식장에 꼭 어울릴 핑크빛 원피스를, 그 이후엔 똑같은 색깔의 옷을 싸와서 한 치수 적은 것이 네 거란다면서 주고 갔다. 이 봄에 주홍색 재킷을 입고 있는데, 그 친구는 이젠 내 곁을 떠나서 남친 품으로 영 가버렸다.

그래, 먼저 다 떠나가니 나 홀로 서서 본다.

이 자리에서 39년을 살게 해주신 모든 분께 감사드리며 아직도 내가 모델인 친구들 가슴에 고운 모습으로 남길 바랄 뿐이다.

요즘은 제2라운드 인생의 접점에서 가슴에 담긴 것들을 다 잊어버리려고 글을 쓰기 시작했는데, 이 글로 인해서 피해가 되지 않길 바랄 뿐이다. 내 생각 속에 담긴 그대로다. 숨기고 싶은 것도 있을 테지만, 공직과 관련된 것이니 이해해주시길 바랄 뿐이다.

이제 남은 것들을 정리하고 앞으로 살아갈 방향을 정하려 한다.

사람이 나고 듦이 다 때가 있으니 참으로 잘 살았다고 자부해 본다.

아쉬울 것도 없고 그저 평안히 기다림이 설렘이 되길 원한다.

감사합니다.

기다림은 늘 설레게 해준다.

그저 제 삶의 부족함을 보시거든 채워서 살아가길 바라며….
맑고 투명한 모습으로, 빛으로 살아가시길 기도합니다.

가을 소녀

꿈은 높고 푸른 하늘이오

눈은 맑게 반짝이는 수정이다

해맑은 너의 모습 청초한 칼라

목화송이 수 놓인 공단인양

고고한 우아함이 풍겨온다

주홍빛 붉게 타는 노을처럼

양 뺨 불그스레 물들일 때면

가을 속에 담긴 소녀의 마음은

끝없는 설렘을 감지한다.

가슴엔 나부끼는 한 아름의 억새풀

어설픈 소녀의 꿈만 영글어간다.

간호학교 앨범 속에 든 시
글 김로미

아직도 소녀이고픈
마음으로 살아가고 싶다.